"실은 저도 그 애가 걱정되거든요. 아까는 질투를 좀 했던 것뿐이에요."

메구밍

"카즈마, 정신이 들었느냐. 미안하지만 오늘부터 사흘 동안 너를 감금하겠다."

다크니스

"카즈마, 카즈마! 잃은 돈을
되찾기 위해 화끈하게 걸죠!
남은 칩을 전부 거는 거예요!"

"헛소리 하지 마.
나는 너와 다르게 신중하다고!
앗, 멋대로 칩을 걸지 마!"

"부디, 이 나라에
오랫동안 계셔주세요.
오라버니가 계속 살고
싶다는 생각이 들도록,
저는 이 나라를 위해
최선을 다할게요."

❀아이리스❀

이 멋진 세계에 축복을! 10

갬블 스크 램블!

CONTENTS

이 멋진 세계에 축복을! 10

갬블 스크 램블!

아카츠키 나츠메 지음
미시마 쿠로네 일러스트
이승원 옮김

Character

아쿠아

직업 ▶ 아크 프리스트
그 누구도 제어할 수 없는 물의 여신. 특기는 연회용 장기자랑.

카즈마

직업 ▶ 모험가
백수 기질이 있는 주인공. 행운 수치 하나만 비정상으로 높다.

다크 니스

직업 ▶ 크루세이더
방어 전문 마조히스트 여기사. 실은 귀족 가문 아가씨.

메구밍

직업 ▶ 아크 위저드
홍마족 제일의 천재. 폭렬마법 이외에는 전혀 흥미가 없다.

쵸스케

메구밍의 사역마인 검은 고양이.

젤 킹

아쿠아의 애완동물인 병아리.

아이 리스

베르제르그 왕국의 제1왕녀. 카즈마를 오빠처럼 따른다.

프롤로그

　나는 등을 통해 가벼운 진동을 느끼면서 여전히 반지를 뚫어져라 쳐다보고 있는 아이리스에게—

　"저기, 몇 번이나 말했다시피 그건 400에리스짜리 싸구려거든? 왕도에 돌아가면 더 멋진 걸 사줄 테니까……"

　"괜찮아요! 다른 반지는 필요 없어요! 저는 이거면 돼요!"

　……몇 번을 했는지 기억도 나지 않는 말을 또 건넸다.

　"하아, 아까부터 대체 뭐하는 거죠? 저한테 과시하는 건가요? 저한테 그 반지를 빼앗기고 싶나 본데, 소원대로 해드리죠!"

　"뭐, 뭐라고요?! 한 번 해보자는 건가요?!"

　분노한 메구밍이 아이리스의 반지를 빼앗으려 한 것도 대체 몇 번째일까.

　나는 좁은 용차(龍車) 안에서 아이리스에게 달려드는 메구밍을 향해 말했다.

　"너도 흥분 좀 하지 마. 메구밍한테는 엘로드 전병을 줬잖아? 그게 더 비싼 거라고."

　"가격이 문제가 아니에요! 그것도 나름 맛있었지만, 왠지 여러모로 진 것 같단 말이에요!"

　메구밍이 성가신 소리를 해대자 아이리스는 손가락에 낀 반지를 숨기듯 뒷걸음질 쳤다.

　"저는 오라버니의 여동생이에요. 여동생은 특별해요. 친구와는 다르다고요!"

　"뭐, 뭐어?! 왜 제가 카즈마의 친구로 격하된 거죠?! 저는 카즈마의 동료이자 동거인이에요! 친구 이상 가족 미만의 사이라고요!"

　용차의 후방좌석에서 기분 좋게 코고는 소리가 들려왔다.

　"그럼 저는 여동생이니까 이미 가족이에요. 메구밍 씨보다 오라버니에게 더 가까운 존재란 말이에요!"

　"좋아! 아까부터 계속 나한테 싸움을 거는데, 그 싸움 받아주마!"

　나는 두 사람의 시끌벅적한 목소리를 들으며―.

　"왕족은 세거든요?! 절대, 절대 지지 않을 거예요!!"

　나도 낮잠을 자기로 했다…….

1

마왕군 간부, 사신(邪神) 월버그.

본래의 힘이 봉인된 상태인데도 불구하고 폭렬마법으로 왕도의 정예들을 괴롭힌 거물 현상범.

마왕군 간부이자 사신이라 불리던 강적을 해치운 우리는, 드디어 그저 재수 좋은 녀석들이 아닌 실력파 파티로 인정받았다.

그리고 수많은 정예 모험가들을 이끌고 마왕군에게 승리한 뒤 이름을 만천하에 떨친 나는, 현재—

"야생 듈라한을 잡으러 갈까 해."

"무슨 소리를 하는 건지 모르겠네요."

저택 거실에 있는 소파에서 늘어져 있던 내가 그런 소리를 하자 메구밍은 당혹스러운 표정을 지었다.

"카즈마, 갑자기 무슨 말을 하는 거야? 혹시 아쿠시즈교를 향한 신앙심에 눈떠서 언데드를 해치우고 싶어진 거야? 그건 정말 기쁜 일이지만, 야생 듈라한 같은 건 흔하지 않

아. 우선 스켈레톤이나 고스트로 만족하도록 해."

아쿠아가 그런 어이없는 소리를 하길래 나는 야생 듈라한을 잡으려고 하는 이유를 설명했다.

"내가 야생 듈라한을 잡으려는 건 죽음의 선고라는 스킬을 배우기 위해서야. 어떤 계획을 실행하려면 그 스킬이 꼭 필요하거든. 혹시 듈라한이 어슬렁거릴 만한 곳 몰라?"

"뭐~?! 리치 스킬인 드레인 터치에 이어, 이번에는 죽음의 선고?! 너는 왜 그런 더러운 스킬만 익히려고 하는 건데! 모험가 카드 좀 내놔봐! 네 모든 스킬 포인트를 사용해서 내 연회용 장기자랑 스킬을 습득시켜버리겠어!"

"어이, 멍청아! 멋대로 그딴 짓 하지 마! 그것보다 빨리 회복마법 스킬이나 가르쳐달라고!"

내가 모험가 카드를 빼앗으려고 하는 아쿠아를 밀쳐내고 있을 때, 소파에 앉아 무릎 위에 촘스케를 올려두고 있던 다크니스가 의아한 표정을 지으며 고개를 갸웃거렸다.

일전의 여행에서 돌아온 후로 이 뻔뻔한 털 뭉치는 아쿠아를 더욱 싫어하게 되었다. 틈만 나면 아쿠아의 날개옷을 물어뜯는 고양이로 성장한 것이다.

"그런 흉흉한 스킬을 왜 배우려고 하는 거지? 그리고 듈라한은 뱀파이어와 리치 다음 가는 최상위 언데드다. 흔한 녀석이 아니지."

다크니스가 내 예상을 벗어나지 않는 대답을 하자 나는

풀이 죽었다.

리치가 가게를 차리고 악마가 그 가게에서 아르바이트를 하는 세상이다. 듈라한이 귀신의 집 같은데서 일하더라도 새삼 놀랍지는 않은데…….

내가 그런 반응을 보이자 메구밍은 불안한 표정을 지으며 물었다.

"대체 왜 그러죠? 카즈마가 그렇게 강력한 스킬을 익히고 싶어 한다는 건 상당한 강적을 상대하게 됐다는 거잖아요. 제가 도와드리면 안 될까요? 수많은 마왕군 간부를 해치운 제 폭렬마법은 도움이 되지 않는 건가요?"

나는 믿음직한 소리를 하는 동료에게 걱정을 끼치지 않기 위해 미소를 지으면서 입을 열었다.

"아, 그렇지는 않아. 고마워, 메구밍. 폭렬마법은 충분히 도움이 돼. 그래. 어차피 손에 넣을 수 없다면 그냥 포기해 야겠지……. 좋아, 메구밍. 나와 함께 옆 나라에 가자! 그리 고 그 나라의 수도에 한 방 거하게 날린 다음, 왕성에 이런 내용의 협박장을 보내는 거야. 『폭렬마법에 의한 피해를 더 입고 싶지 않다면 아이리스 공주와의 약혼을 취소해라. 마 왕군은 아이리스 공주의 약혼을 용납할 수 없다─』."

"네놈은 바보인 것이냐! 아이리스 님의 편지를 받고 계속 이상하다 했더니, 그런 한심한 짓을 꾸미고 있었던 거냐! 혹 시 죽음의 선고를 익히려는 것도 아이리스 님의 약혼자를 저주하기 위해서냐?! 그리고 왜 마왕군을 사칭하는 거지?!"

다크니스는 내 완벽한 계획을 듣더니 갑자기 고함을 질렀다.

"뭐가 한심하다는 건데?! 네 말이 맞아! 아이리스의 약혼자라는 놈에게 멀찍이서 저주를 건 다음 이렇게 말하는 거야. 「아하~, 이건 마왕의 짓이군요. 공주님을 납치하는 건 마왕의 소임이라 할 수 있죠. 아무래도 마왕의 소임을 방해한 바람에 원한을 산 것 같군요. 저희 파티에 소속된 우수한 아크 프리스트라면 그 저주를 풀 수 있지만, 마왕이 또 저주를 걸지도 모릅니다. 그러니 마왕이 처단될 때까지 약혼을 없었던 일로 하는 게 최선……」."

"저질이에요! 이 남자, 완전 저질이라고요! 그런 어이없는 짓을 하기 위해 귀중한 스킬 포인트를 낭비하려고 하다니, 부끄러운 줄 알라고요!"

다크니스의 뒤를 이어 메구밍까지 그런 소리를 했다.

"요리 스킬과 도주 스킬을 익힌 나한테 그런 소리 하지 말라고. 얼마 전에는 길드의 모험가들 사이에서 나에 대한 나쁜 소문이 도는지 확인하려고 『독순술(讀脣術)』이라는 스킬을 익혔어."

"너라는 녀석은 정말 모험과는 관련이 없는 방향으로 나아가고 있구나. 아무튼, 그런 바보 같은 계획에 메구밍을 어울리게 할 수는 없다."

폭렬마법과 방어 스킬에만 스킬 포인트를 투자하는 녀석

들에게 왜 이런 소리를 들어야 하는 걸까.

남한테 그런 소리를 하기 전에 너희야말로 효율 좋은 스킬을 익히라는 소리가 목까지 올라왔다.

……바로 그때, 아쿠아가 뜻밖에도 긍정적인 반응을 보였다.

"나는 그 계획에 동참해줄 수 있어. 전부 마왕 탓으로 돌려버리는 게 마음에 드네. 아쿠시즈 교단의 활동 중에는 마왕군에 대한 악평을 퍼뜨린다는 것도 있거든."

"마왕이 인류를 공격하는 건 아쿠시즈 교도들 때문인지도 모르겠는걸."

뭐, 내가 느닷없이 이런 소리를 한 데에는 전부 이유가 있었다.

얼마 전, 나는 아이리스에게서 편지를 받았다.

그 편지에는 옆 나라의 약혼자와 처음으로 만나러 가게 되었으니 호위를 맡아줬으면 한다는 글이 적혀 있었다.

의붓오빠인 내가 여동생의 부탁을 거절할 수 있을 리 없다.

그리고 귀여운 여동생을 농락하려 하는 말 뼈다귀와의 전투에 대비해, 요즘 전혀 손질을 하지 않았던 칼을 손질하며 여러모로 준비를 착착 진행하고 있었지만—.

"어쩔 수 없지. 정공법으로 가도록 할까. 호위 의뢰를 맡은 후, 온갖 수단을 다 동원해서 방해를 해주자. 스킬 포인트도 남아있으니까 쓸 만한 스킬을 익혀서……."

당시의 나는 아직 눈치채지 못했다.

턱에 손을 댄 채 혼잣말을 중얼거리며 고민하는 나를, 다크니스가 불순한 시선으로 쳐다보고 있다는 사실을……

2

그리고 다음날.

"―어이. 뭐가 어떻게 된 건지 설명해봐."

점심때가 지날 즈음에 잠에서 깨어나 보니 나는 침대에 꽁꽁 묶여 있었다.

"카즈마, 정신이 들었느냐. 미안하지만 오늘부터 사흘 동안 너를 감금하겠다. 식사는 최고급으로 준비할 테고, 내가 직접 너를 돌봐주마. 필요한 게 있다면 우리 가문의 이들을 시켜서 사오게 하지."

어느새 내 방에 들어온 다크니스가 의기양양한 표정을 지으며 대낮부터 그런 바보 같은 소리를 해댔다.

지금은 여름도 슬슬 끝나갈 시기다.

그러니 더위 때문에 머리가 이상해진 것은 아니리라.

"너 대체 어떻게 된 거야? 왜 느닷없이 나를 묶어두려는 건데? 네 성적 취향을 고려하면 네가 묶여야 하는 거 아냐? 혹시 나를 너무 좋아한 나머지 더는 못 참게 된 거야?"

"내가 네놈 같은 변덕스러운 남자를 좋아할 리가 없지 않느냐! 그리고 성적 취향 같은 소리도 하지 마라. 이건 내 취향과는 전혀 상관없다."

다크니스는 침대에 묶인 나를 내려다보면서 버럭 고함을 질렀다.

"너는 여전히 성가신 애구나. 볼 키스도 한 사이에 이제 와서 무슨 소리를 하는 거야? 츤데레는 이제 한 물 갔다고."

"누가 츤데레라는 거냐! 그리고 이건 그때 일과는 상관없다. 네놈은 나와 그렇고 그런 분위기가 되어놓고 이 여자와 시시덕, 저 여자와 시시덕……. 뭐, 좋다. 지금은 아무래도 상관없지. 중요한 건 아이리스 님이니까 말이다."

다크니스를 나를 꾸짖은 후 어험 하고 헛기침을 하더니ㅡ.

"카즈마, 아이리스 님 호위 의뢰 말인데, 내가 거절하는 편지를 보내뒀다. 아이리스 님께서는 사흘 후에 옆 나라로 향할 예정이시니, 출발을 확인하고 너를 풀어주마. 그때까지 얌전히 있어라."

약간 미안한 듯한 표정을 지으면서 그런 소리를ㅡ.

"인마, 헛소리 하지 마! 그딴 이유로 나를 묶은 거냐! 이대로 내버려두면 내 여동생이 어디서 굴러먹던 말 뼈다귀인지도 모르는 놈에게 시집가고 만다고!"

"정체불명의 평민인 너 같은 말 뼈다귀가 무슨 소리를 하는 것이냐! 정체불명이라는 소리를 듣고 싶지 않다면 이제 그만 네 과거를 가르쳐다오! ……그래, 전부터 듣고 싶었다. 네가 대체 어느 나라 출신인지, 때때로 알려주는 묘한 지식은 어디서 난 것인지, 인간으로서의 상식이 결여되어 있는 건 어째서인지도 말이다……!"

나는 다크니스가 늘어놓는 성가신 소리를 한 귀로 흘리며 고함을 질렀다.

"메구밍~! 아쿠아~! 도와줘! 변태 여자가 아침부터 나한테 감금 플레이를 강요하고 있어~!"

"이, 이상한 소리 하지 마라! 그리고 유감스럽게도 그 두 사람은 외출 중이라 집에 없다. 이제 우리 가문 사람들을 불러서 너를 침대 채로 우리 저택까지 옮기면 되지. 네가 호위를 맡았다간 분명 외교 문제가 발생할 게 뻔하다. 이건 이 나라를 위한 일이니 참아다오."

"왜 내가 호위를 맡으면 외교 문제가 발생하는 건데! 왕성에서 지낼 때 귀족의 매너도 배웠으니까 무례를 범하지 않아! 그러니까 풀어달라고!"

"무례가 옷을 입고 돌아다니는 것 같은 녀석이 무슨 소리를 하는 거냐! 얌전히 있으면 웬만해서는 맛볼 수 없는 산해진미를 먹게 해주마. 그리고 네 본질은 백수이지 않느냐. 침대에 가만히 누워만 있으면 남이 네 시중을 들어줄 거다. 어떠냐? 나쁘지 않은 이야기지?"

다크니스가 나를 향해 몸을 숙이며 어린애를 어르듯 그렇게 말한 순간, 나는 중요한 사실을 눈치챘다.

"……그것도 그러네. 좋아."

"이, 이해해 준 것이냐……! 요즘 정신없이 지냈으니, 때로는 너와 이렇게 느긋하게 지내는 것도……."

나쁘지 않겠지.

다크니스가 배시시 웃으며 그렇게 말을 이으려던 순간─.

"나, 아까부터 엄청 화장실에 가고 싶었거든? 빨리 어떻게 좀 해줘."

……나는 침대에 묶인 채 딱 잘라 그렇게 말했다.

"……뭐?"

"내 말 못 들었어? 네가 아까 말했잖아? 내 시중을 들어준다고 말이야. 그럼 당연히 내 하반신의 시중도 들어주는 거지?"

"…………뭐?"

다크니스는 어안이 벙벙한 표정을 지으며 그대로 얼어붙었다.

"그럼 바로 명령을 내려 볼까. 어이, 다크니스. 요강 가져와."

"뭐어어어어엇?!"

"왜 그렇게 놀라는 거야? 빨리 가져와. 정말 이 아가씨는 쓸모가 없네. 네가 해준다고 했었잖아. 자, 빨리 하라고."

이건 성희롱이 아니다.

몸을 꼼짝도 할 수 없으니 이럴 수밖에 없다.

응. 그래. 어쩔 수가 없어.

"그, 그그, 그게 말이다! 착각하지 마라! 저기, 카즈마. 아까 시중을 들어준다고 말했지만, 그런 뜻으로 한 말은 아니란 말이다! 아무튼 잠시만 참아라!"

"못 참아. 잠에서 깨어나면 오줌을 눈다. 그건 자연의 섭리잖아. 미리 말해두겠는데, 매일 같이 이런 시중을 들어야 할 거야. 그리고 잘 모르는 너희 가문 하인들에게 이런 시중을 받고 싶지는 않다고. 자, 빨리 해."

"으으으으으……. 하, 하지만……."

아까까지만 해도 세게 나오던 다크니스가 우물쭈물하기 시작했다.

"아, 좀 위험해. 장난이 아니라고. 대체 언제까지 부끄러워할 건데? 얼마 전에는 네가 볼일 보는 걸 내가 도와준 적이 있지? 속옷을 벗겨주려고도 했고, 종이도 챙겨주려고 했었잖아. 우리도 하루 이틀 알고 지낸 사이가 아니니까, 이제 와서 부끄러워하지 말고, 하다못해 하반신만이라도 풀어줘."

소변이 마려운 탓에 초조해진 내가 그렇게 말하자 다크니스는 기어들어가는 목소리로 대답했다.

"……풀 수 없다."

"……뭐?"

나는 무심코 되물었고 다크니스는 미안해죽겠다는 듯 고개를 푹 숙인 채 말했다.

"하반신 시중까지는 생각이 미치지 않았다. 어, 어쩌면 좋지? 너를 묶은 건 상당히 강력한 마도구라서 도중에 풀 수단이 없다. 즉, 앞으로 사흘 동안 너는 이대로……."

"이 바보! 나보고 어쩌라는 건데?! 사흘 동안 이대로 줄줄 싸라는 거냐?! 헛소리 하지 마! 그렇게 됐다간 너도 똑같은 꼴을 당하게 만들어줄 거야!"

다크니스는 그 말을 들더니 얼굴을 붉히면서 몸을 배배 꼬았다.

"또, 똑같은 꼴을……."

"긴급 상황이니까 그딴 기대하지 마! 아아, 젠장!"

나는 유일하게 움직일 수 있는 고개만 움직여서 현재 상황을 확인했다.

바인드 마법에 걸린 것처럼 고무 재질의 로프로 어깨부터 무릎까지 꽁꽁 묶였다.

언뜻 보기에는 쉽게 자를 수 있을 것 같지만 강력한 마도구라고 했으니 아마 무리일 것이다.

하지만 로프의 사이를 벌릴 수는 있을 것 같았다.

"어이, 다크니스. 네 힘이라면 이 로프를 벌릴 수 있을 거야. 내 하반신을 묶은 로프를 힘껏 잡아당겨봐. 거기로 내 중요 부위를 쏙 내밀어서 볼일을 볼게."

"아, 알았다. 나만 믿어라!"

다크니스는 얼굴을 붉히고 로프를 벌렸다.

다크니스가 내 몸에 찰싹 달라붙은 채 작업을 계속해서, 결국 내 그곳을 겨우 꺼낼 수 있는 틈을 만들었다.

"좋아. 잘했어. 저쪽에 요강이 있으니까 가지고 와."

"……왜 이 방에 요강이 있는 거지? 이런 걸 대체 어디에……"

"방에 틀어박혀 생활하는 백수의 소양이라는 거야. 추운 겨울 아침에 화장실 가기 귀찮을 때가 있잖아? 그럴 때 애용한다고."

"너, 너라는 녀석은 정말……. 뭐, 좋다. 아무튼 이번에는 도움이 됐으니까. 자, 여기 두마."

다크니스는 어이없어 하며 요강을 내 허리 옆에 뒀ㅡ.

"어이, 이대로 어떻게 볼일을 보냐고. 네가 내 바지를 내린 다음, 내 그곳을 잡고 조준을 해줘야 할 거 아냐."

"뭐?!"

인마, 이런 상황인 내가 어떻게 혼자서 볼일을 봐.

"왜 그렇게 화들짝 놀라는 건데? 나는 꼼짝달싹 할 수가 없다고. 이 상황을 초래한 사람은 바로 너잖아. 지금 진짜로 위기거든? 빨리 해!"

"그, 그렇지만……! 아아, 정말……."

다크니스는 울상을 지으면서 내 바지를 향해 손을 뻗었다.

그리고 내 바지를 내리던 다크니스는 의아한 표정을 지었다.

"……응? 어이, 카즈마. 바지가 뭔가에 걸려서 내려가지 않는다. 이게 대체……."

"미안해. 아침에 남자한테 일어나는 생리현상이야."

………….

"우, 우와아아아아아아아아아아!"

"아야야야야야야얏! 뭐하는 거야?! 하지 마! 하지 마! 떨어져나간다고!"

뭐가 떨어져 나간다는 건지는 밝히지 않겠지만 나는 다크니스에게 성희롱을 하는 것까지 잊으며 비명을 질렀다.

"뭐하는 거야?! 까딱하면 성별을 클래스 체인지할 뻔 했잖아! 인마, 두고 봐! 풀려나기만 하면 울상을 짓게 만들어주겠어!"

"이미 울상을 짓고 있다만⋯⋯. 저기, 카즈마. 이제 그만 포기하지 않겠느냐? 아쿠아가 돌아오면 크리에이트 워터와 퓨리피케이션으로 깨끗하게⋯⋯."

"그냥 싸라는 거냐?! 이제 그만 포기하고 그냥 싸라는 거냐?! 바보 같은 소리 하지 말고 빨리 해! 눈을 돌리지 마! 네가 자초한 일이니까 끝까지 책임을 지라고! 자, 빨리 해!"

다크니스가 이번에는 내 하반신을 똑바로 쳐다보더니 다시 바지를 향해 손을 뻗었다.

"큭, 이럴 리가 없는데⋯⋯! 나는 그저 너를 격리시켜서 아이리스 님을 지키려고 했을 뿐인데⋯⋯. 하, 하지만 귀족 영애인 내가 이렇게 하반신의 시중을 들며, 그곳을 똑바로 쳐다보라는 명령을 듣는 상황 자체는 나쁘지 않다고 할까⋯⋯."

"어이, 바보 같은 소리 하지 말고 빨리 해! 이제 시간이 없단 말이다! 안 돼! 더는 무리! 못 참겠어!"

"기, 기다려라, 카즈마! 금방 하마! 아직 개운해지기에는 이르단 말이다! 아아, 정말! 이런 모습을 아쿠아나 메구밍이 본다면……!"

다크니스가 그렇게 말한 순간이었다.

문 쪽에서 시선이 느껴져 쳐다보니, 아쿠아가 봐선 안 되는 광경을 본 듯한 포즈로 방안을 쳐다보며 경악하고 있었다.

"아, 아아아아……. 다크니스와 카즈마가 이렇게 음란한 사이였다니……. 길드 사람들에게 이야기해주고 올게!"

""기다려!""

"—휴우. 아쿠아, 덕분에 살았어. 까딱했으면 저 변태 때문에 쌀 뻔 했다니깐."

아쿠아의 마법으로 마도구에서 풀려난 내가, 개운한 심정으로 방에 돌아와 보니 다크니스가 울상을 지은 채 중얼거리고 있었다.

"으으……. 나, 나는 변태가……."

"다크니스가 변태라는 건 옛날옛적부터 알고 있었으니까 그냥 제쳐두고, 대체 무슨 놀이를 하고 있었던 거야?"

"아, 아쿠아?!"

다크니스가 옆에서 충격을 받고 있을 때 나는 경위를 설명했다.

"저번에 아이리스가 편지로 우리에게 호위를 의뢰했잖아?

그런데 다크니스가 의뢰를 받아들이는 걸 반대하나 보더라고. 그래서 나를 자기 저택에 감금한 후, 이런저런 식으로 괴롭히며 내가 의뢰를 받아들이지 못하게 할 작정이었던 것 같아."

"다크니스, 이제 변태 소리를 들어도 아무 말 못할 것 같은데?"

"괴롭힐 생각은 없었다! ……하지만 이번만큼은 진짜로 위험하단 말이다. 아이리스 님의 약혼 상대는 옆 나라인 엘로드의 제1왕자다. 이 왕자는 꽤 까다로운 사람이라서, 너희가 평소처럼 무례를 범했다간 바로 외교 문제가 발생할 거다."

까다로운 제1왕자.

그 말을 들었더니 아이리스를 지켜줘야겠다는 생각이 더욱 샘솟았다.

한편, 아쿠아는 다크니스의 말을 듣고 눈을 반짝였다.

"엘로드? 방금 엘로드라고 했어? 우리가 갈 곳이 카지노 대국, 엘로드야?"

잘은 모르겠지만 그 나라의 이름이 아쿠아를 자극한 것 같았다.

카지노 대국이라, 꽤 재미있을 것 같은 나라다.

아쿠아가 관심을 보이니 다크니스는 표정을 딱딱하게 굳혔다.

"아쿠아, 호위 의뢰를 받아들인다면 그 나라에 가도 놀

수 없다. 그렇게 엘로드의 카지노에 가고 싶다면 다음에 여행 삼아 다 같이 가자! 꼭 의뢰를 받아서 갈 필요는 없지 않느냐! 우리는 돈이 많으니까 순수하게 놀러 가는 거다!"

다크니스는 필사적으로 설득을 했지만 아쿠아의 얼굴을 보아하니 이미 엘로드에 가기로 작정한 것 같았다.

나는 만족스러운 표정을 지으며 고개를 끄덕였다.

"좋아. 아쿠아도 이번 의뢰를 받아들이는 것에 찬성하는 것 같네! 그럼 메구밍이 돌아오면 다수결로 결정하자. 뭐, 우리는 요즘 퀘스트를 전혀 하지 않았으니까 그 녀석이 반대할 것 같지는 않지만!"

"으으으으으으으......"

나는 머리를 감싸 쥔 다크니스를 쳐다보며 확신에 찬 미소를 지었다.

3

"싫어요."

그날 저녁.

일과인 폭렬마법을 날린 후, 융융에게 업혀서 돌아온 메구밍이 축 늘어진 채 그렇게 말했다.

월버그를 토벌하고 돌아온 뒤로 이 녀석은 꽤나 반항적이었다.

평소에는 억지로라도 나를 끌고 폭렬 산책을 갔지만, 요즘은 융융과 함께 갔다.

"왜 싫은 건데? 평소 같으면 아직 만나지 못한 강적을 쓰러뜨리는 거예요, 같은 소리를 하며 가장 먼저 찬성했을 거잖아."

거실 소파에 누운 메구밍은 저녁 식사를 준비중인 아쿠아와 다크니스가 있는 부엌 쪽을 힐끔 쳐다본 후, 나를 향해 고개를 돌리며 말했다.

"왜긴 왜겠어요. 평소에는 일하기 싫다고 그렇게 난리법석을 피우면서, 왜 아이리스가 얽히면 이렇게 주저 없이 나서는 거죠?"

메구밍이 평소와 다른 태도를 취하자 나는 그녀를 부추기듯 이렇게 말했다.

"어, 뭐야. 너, 혹시 질투하는 거야?"

하지만 이 말을 듣고 평소처럼 화를 낼 줄 알았던 메구밍은 나를 지그시 응시하며 입을 열었다.

"그래요. 질투해요. 그런 일이 있었으니까, 한동안은 저를 신경써줘도 되잖아요?"

"뭐? ……아, 옙."

메구밍은 놀릴 생각이 없다는 듯 직구를 던졌고 나는 당황하면서 얼굴을 붉혔다.

그런 일이라는 것은 우리가 선을 넘을 뻔 했던 그날 밤의 일을 말하는 것이리라.

그건 그렇고 이 녀석이 원래 이런 소리를 하는 애였나?

왠지 뭔가를 떨쳐낸 것 같다고 할까, 고삐가 풀린 것 같다고 할까, 인정사정이 없어진 느낌이 들었다.

"카즈마는 그렇게 아이리스가 신경 쓰이나요?"

메구밍이 그렇게 말하면서 나를 쳐다보자―.

"아, 그게 말이야. 왠지 내버려둘 수가 없거든. 이성이라는 느낌보다, 지위 때문에 항상 자신을 억누르며 응석도 제대로 부리지 못하고, 남들을 배려하느라 항상 쓸쓸하게 지내는 여동생 같은 느낌이야."

나는 백수지만 로리콤은 아니다.

아이리스는 어디까지나 귀여운 여동생으로 생각하고 있다.

장래에 성장한 그녀가 오빠의 아내가 되고 싶어 한다면 그 소망을 들어줄 마음은 있지만…….

메구밍이 뜻밖의 태도를 보인 바람에 말이 빨라진 나는 얼굴이 빨개진 건 아닐지 걱정하면서 말을 이었다.

"뭐, 그래도 메구밍이 싫다면 다른 방법을 생각해볼게. 호위로서 간다면 다 같이 가고 싶거든. 아이리스의 얼굴을 보지 못하는 건 아쉽지만……."

"하죠."

메구밍은 내 말을 끊으며 그렇게 말하더니 한숨을 내쉬었다.

"실은 저도 그 애가 걱정되거든요. 아까는 질투를 좀 했던 것뿐이에요."

"그, 그래?"

이 솔직한 호의는 대체 뭘까.

귀 언저리가 엄청 뜨겁다.

연하의 꼬마 아가씨한테 휘둘려서 새빨개진 내 얼굴에 프리즈라도 걸까 생각하고 있을 때 다크니스와 아쿠아가 음식을 들고 왔다.

"메구밍, 돌아왔느냐. 오늘 저녁은 맛있는 걸 준비했다! ……카즈마, 얼굴이 새빨갛구나. 무슨 일 있느냐?"

"아, 아무것도 아냐! 메구밍, 내 말 맞지?"

새빨개진 얼굴을 지적당하고 당황한 나와 달리, 메구밍은 태연한 표정으로 다크니스를 향해 미소를 지었다.

이 녀석은 왜 항상 이렇게 당당한 걸까. 안절부절 못하는 내가 바보 같잖아.

"메구밍, 조금만 일찍 왔으면 재미있는 걸 구경할 수 있었을 거야. 다크니스가 카즈마를 침대에 묶어놓고 괴롭혀대고 있지 뭐야."

"호오."

아쿠아가 입에 담은 괜한 말에 메구밍이 반응했다.

"아쿠아, 무슨 소리를 하는 것이냐. 나는 카즈마를 괴롭힌 적 없다! 그를 침대에 묶어둔 건 사실이지만, 그건 아까 설명했다시피……."

접시를 든 다크니스가 메구밍을 힐끔힐끔 쳐다보면서 상황을 설명했지만—.

"아쿠아가 조금만 늦게 왔다면 다크니스가 내 바지를 벗겼을 거야. 정말 큰일 날 뻔 했다고."

"뭐어?!"

내가 그렇게 말하자 메구밍의 눈동자가 새빨간 색으로 빛났다.

"……뭐, 항상 발정기인 다크니스가 누구한테 어떤 짓을 하건 저와는 상관없어요. 그래도 양갓집 규수가 남자를 억지로 덮치는 건 좀 그렇지 않을까요?!"

"아아아아, 아니다……! 그런 게 아니란 말이다, 메구밍! 피치 못할 사정이 있어서 그런 거다! 그리고 항상 발정기라는 말은 좀 심하지 않느냐!"

다크니스가 허둥지둥 설명을 했지만 우리의 시선은 테이블에 놓인 요리에 고정되어 있었다.

"어머, 카즈마는 이게 신경 쓰이나 보네. 나와 맛집 순례를 같이 한 만큼 꽤 안목이 좋아졌는걸. 오늘 저녁 식사는 바로 복어야, 복어! 그것도 복어의 왕이라 불리는 극락 복어란 말이야. 다른 복어에 비해 독소가 훨씬 강하지만, 미식가들이 「이걸 먹고 죽어도 좋다」고 말할 정도로 끝내주는 녀석이라니깐! 이 복어는 지금이 제철이야."

"이름이 맛을 가리키는 건지 먹고 난 후의 상태를 가리키는 건지 알 수 없는 복어네. 그런데 너는 복어 조리 자격증도 가지고 있었구나. 전부터 다재다능하다고 생각했지만, 정말 대단하네."

나와 메구밍은 자리에 앉아서 테이블 위에 놓인 요리를 쳐다보며 눈을 반짝였다.

복어 회, 복어 전골, 복어 달걀찜.

복어의 이리(정소) 같은 게 놓인 접시, 그리고 화로 위에 있는 복어 지느러미.

보기만 해도 군침이 도는 요리들이었다. 나는 못 참고 요리를 향해 손을 뻗었―.

"그런 자격증을 가지고 있을 리 없잖아. 몸이 저리면 바로 말해. 내가 해독마법을 걸어줄게."

"어이."

이세계는 이렇게 대충대충이라 정말 싫다니깐…….

내가 들고 있던 달걀찜을 내려놓았을 때, 옆에서 후루룩하는 소리가 들렸다.

"맛있네요."

"먹지 마! 이건 독을 제거하지 않은 거라고!"

나와 마찬가지로 달걀찜을 들고 있던 메구밍이 맛있어 죽겠다는 표정으로 그걸 먹어치우고 있었다.

아니, 메구밍만이 아니었다. 내 맞은편에 앉은 다크니스

또한 복어 회를 포크로 찍어서 먹고 있었다.

맙소사. 이 녀석들, 주저 없이 먹잖아.

이 세계의 사람들은 해독마법과 복어를 세트로 즐기는 건가.

이 세계에는 마법이 존재하니 합리적이라고 할 수도 있겠 지만…….

다크니스는 내 시선을 받더니 아까 나한테 놀림을 받은 걸 앙갚음하려는 것처럼 히죽거리며 말했다.

"카즈마. 모험가라는 녀석이 복어의 독을 두려워하는 것 이냐? 프리스트로서의 실력 하나는 일류라고 해도 과언이 아닌 아쿠아가 이 자리에 있지 않느냐. 대체 뭘 두려워하는 거지?"

"저기, 다크니스. 방금 「프리스트로서의 실력 하나만은」이 라고 말했어?"

"그런 말 한 적 없다."

다크니스는 그런 소리를 하고 다른 요리도 먹었다.

내 옆에 있는 메구밍 또한 복어 전골을 자기 그릇에 담아 서 맛있게 먹고 있었다.

…………복어, 라.

그러고 보니 나는 일본에서 살던 시절에도 복어를 먹어본 적이 없다.

"하긴, 딴 건 몰라도 네 회복마법 하나는 일류지. 좋아!"

"저기, 카즈마. 방금 「딴 건 몰라도」라고 말했지?"

"말한 적 없어. ……우와, 맛있어! 이거 뭐야? 엄청 맛있네!"

나는 전골을 한 입 먹고 너무 맛있어서 그렇게 외쳤다.

나는 어휘가 부족하기 때문에 그저 엄청 맛있다는 말만 연발했다.

그런 우리를 본 아쿠아가 만족스러운 미소를 지었다.

"다들 기뻐해서 다행이야. 원래 이 복어는 새로운 신자를 얻기 위해 세실리가 준비한 거야. 길가는 사람들에게 복어를 먹인 다음, 해독마법을 미끼삼아 개종을 시킨다고 하는 엄청난 작전을 그 애가 세웠거든? 그런데 세실리가 경찰 아저씨에게 잡혀가버렸어."

"너희는 그런 짓을 하고 있었던 거냐. 이제 그 여자와 얽히지 말라고 내가 그렇게 말했잖아."

뭐, 덕분에 이렇게 끝내주는 복어를 먹을 수 있으니 감사할 따름이다.

내가 얇게 썬 복어 회를 먹고 있는 사이, 아쿠아가 복어의 지느러미를 화로로 굽더니 지느러미 술을 만들어서 마시기 시작했다.

복어의 이리를 안주 삼아 지느러미 술을 마신 아쿠아는 여신이나 히로인이 아니라 평범한 아저씨 같았다.

"그러고 보니 복어 내장은 독소가 특히 강하지 않아? 너무 많이 먹지는 말라고. 몸이 저려오기 시작했을 때, 네가 마법을 못 쓰는 상태면 큰일 난단 말이야."

"바보지? 내가 몸에 걸친 건 신기야. 유해한 상태이상을 무효화해주는 엄청난 물건이란 말이야. 이걸 걸친 나한테 복어의 독 같은 게 통할 리가 없잖아?"

그러고 보니 옛날에 그런 이야기를 들었던 적이 있었다.

이 녀석이 한 말이라 그때는 믿지 않았지만, 그렇다면야……!

—복어 요리를 얼마나 즐겼을까.

"후후후. 바라, 가즈마. 나즘 되며 도게도 내성이……."

"이 녀석, 혀가 마비되어서 제대로 움직이지 않나 보네."

위험해 보이는 부분을 넙죽넙죽 먹던 다크니스의 혀가 이상하게 움직이기 시작하자, 나는 이제 슬슬 해독마법을 부탁해야겠다고 생각했다.

바로 그때, 누군가가 나한테 털썩 기댔다.

고개를 돌리자, 얼굴이 새빨개진 메구밍이 남들이 다 보는 앞에서 어리광을 부리듯 내 어깨에 머리를 얹으며—.

"어, 어이, 아구아! 메구미이 위엄……. 어, 나도 혀가 자안 도라……."

아쿠아를 쳐다본 순간 나의 온몸에서 핏기가 가셨다.

아쿠아는 테이블에 풀썩 엎드려 있었다.

이 녀석의 신기는 모든 독을 무효화해준다고 했지?! 그런데 왜 요 모양 요 꼴인 거냐고!

사태를 파악한 다크니스가 허둥지둥 아쿠아를 안아 일으키려고—!

"쿠울~."

"이 녀석, 수레 취해스 뿌니야! 이러나! 이러나란 마리야~!"

4

다음날 아침.

"저기, 카즈마. 진짜로 아이리스 님의 의뢰를 수락할 생각이냐? 솔직하게 말하마. 네가 무례를 범하지 않더라도, 우리 실력이라면 호위 의뢰에 실패할 게 뻔하다고 생각한다만……. 복어를 먹다 전멸할 뻔한 파티는 세상 천지에 우리뿐이지 않을까?"

"어제 일은 모험 도중에 실패한 게 아니니까 실패로 치지 않을 거야. 그리고 우리는 이 세상 그 누구보다 마왕군 간부를 많이 쓰러뜨린 액셀 제일의 파티라고. 아무도 불평은 하지 않을걸?"

어젯밤 식중독으로 전멸할 뻔했던 우리는, 왕도에 갈 준비를 마친 후 액셀 마을의 텔레포트 가게로 향했다.

어제는 에리스 교회에 부리나케 찾아가서 무사했지만 이

제 복어 요리는 사양하고 싶다.

"젤 킹과 촘스케를 맡기러 간 아쿠아가 너무 늦네요. 무슨 일 있는 걸까요?"

우리는 현재 위즈의 가게에 우리 집 애완동물들을 맡기러 간 아쿠아를 기다리고 있었다.

그 녀석, 또 바닐과 싸우고 있는 건 아니겠지?

내가 그런 생각을 하고 있을 때 짐을 짊어진 아쿠아가 돌아왔다.

"그 애들은 잘 맡기고 왔어. 악랄 가면은 촘스케를 보더니, 「호오, 잠시 눈을 뗀 사이에 재미있는 일이 벌어졌구나! 후하하하하하하!」라고 영문 모를 소리를 하며 배를 잡은 채 바닥을 뒹굴었지만, 아마 신경 안 써도 될 거야."

재미있는 일이라는 게 대체 뭘까.

역시 커지면 그 누님으로 변하기라도 하는 걸까.

그 점도 엄청 신경 쓰였지만 지금은 그런 걸 신경 쓸 때가 아니다.

"어이, 너희들. 이곳의 텔레포트 가게 주인과는 내가 교섭을 하겠어. 이 가게 주인한테는 전부터 불평을 해주고 싶었거든."

"불평? 너, 이 가게의 주인과 다투기라도 한 것이냐?"

다크니스가 의아한 표정을 지으며 그렇게 말했지만 나는 대답하지 않고 텔레포트 가게의 문을 열었다.

나는 그러면서 몇 달 전에 있었던 일을 떠올렸다.

그 일은 내 여동생인 아이리스와 억지로 떨어지게 된 후 몰래 만나러 가려고 했을 때 일어났다.

"어이, 아저씨. 나, 또 왔어! 왕도행 텔레포트를 부탁해."

"어서 오세⋯⋯. 앗, 너는 수배 중인 사토 카즈마! 질리지도 않고 또 온 거냐. 너한테는 왕도행 텔레포트가 허가되지 않는다고 몇 번이나 말했잖아!"

우리의 대화를 옆에서 듣고 있던 다크니스가 어이없다는 투로 이렇게 말했다.

"너 이 자식, 내가 잠시 눈을 뗀 사이에 아이리스 님을 만나러 가려고 했던 거냐."

"그래. 그 클레어라는 귀족이 손을 쓴 건지, 나는 왕도행 텔레포트를 이용할 수가 없대. 하지만 지금은 달라. 자, 아저씨. 이걸 잘 보라고! 왕가의 초대장이야! 정식 문서니까 더럽히지 말라고!"

내가 아이리스의 편지를 자랑하듯 보여주자 텔레포트 가게 주인은 질색을 하는 표정을 지었다.

"그건 진짜인가요? 혹시 위조한 건 아니겠죠? 저번에는 더스티네스 가문의 관계자인 나에게 맞서면 따끔한 맛을 보게 될 거라고 협박했었잖아요."

"어이, 카즈마. 이쪽으로 좀 와봐라. 할 말이 있다."

"싫어. 어이, 아저씨. 여기 있는 사람은 바로 그 더스티네스 가문의 아가씨야. 자, 이 마을에 사니까 본 적이 있을 텐데? 나는 거짓말을 하지 않았다고."

나는 손을 잡아당기는 다크니스에게 저항하면서 그렇게 말했고 가게 주인의 얼굴은 점점 새파랗게 질렸다.

다크니스는 가게 주인의 반응을 보더니 필사적으로 나를 가게 구석까지 끌고 가려 했다.

"거부하지 마라! 카즈마, 너, 내 이름을 이용해서 이상한 짓을 한 건 아니겠지? 우리 가문의 권력을 이용해서 요상한 짓을 한 건 아니겠지?"

"아쿠아와 고급 요리점에 갔을 때, 우리 복장으로는 들어갈 수 없다면서 쫓아내려고 하길래, 네 이름을 댄 적이 있어."

"나는 아쿠시즈 교단의 교회 재건 공사를 목수 아저씨들이 안 맡아줘서, 아쿠시즈 교단을 괴롭히면 다크니스에게 고자질할 거라고 말한 적이 있어."

"저는 상점가에서 저녁 반찬거리를 사러 갔을 때, 라라티나 아가씨의 입에 들어갈 거니 맛있는 부위를 달라고 말한 적이 있어요."

다크니스는 우리의 말을 듣더니 그 자리에서 무너지듯 주저앉았다.

양손으로 얼굴을 가린 것은 울음을 필사적으로 참고 있기 때문일까, 부끄러움을 감추고 있기 때문일까.

그런 다크니스를 안됐다는 표정으로 보고 있던 가게 주인이 배려를 하듯 말을 걸었다.

"방금 그 반응을 보아하니, 당신은 더스티네스 가문의 사람이 틀림없는 것 같군요. 저기, 왕가의 의뢰를 수행하러 가는 거라면 요금을 안 내셔도 됩니다……."

"아, 고마워."

"내겠어! 무슨 일이 있어도 요금을 내겠다! 더는 서민에게 폐를 끼칠 수 없단 말이다!"

내가 당연하다는 듯 그 호의를 받아들이려 하자 다크니스는 벌떡 일어나며 지갑을 꺼냈다.

"어이, 카즈마. 이번 의뢰를 해결하고 나서 너한테 물어볼 게 꽤 있으니까 두고 보자. 그리고 자기는 상관없다는 듯 시치미를 떼고 있는 아쿠아와 메구밍도 마찬가지다!"

다크니스는 가게 주인에게 돈을 건네면서 그런 소리를 했고, 우리 셋은 그녀를 포위하며 마법진 안으로 밀어 넣었다.

"정말 고지식한 아가씨라니깐. 우리는 파티 멤버이자 가족이잖아? 곤란할 때는 서로를 도와야 할 거 아냐. 나는 네가 귀족이라고 해서 태도를 바꿀 생각도 없고, 그걸 개의치도 않아. 그래야 동료라고 할 수 있지 않겠어? 너도 곤란할 때는 액셀 제일의 모험가인 내 이름을 써먹어도 돼."

"맞아, 다크니스. 아쿠시즈 교단의 위광이 필요하면 언제든 말해. 내가 도와줄게."

"다크니스가 귀족이라는 걸 처음 알았을 때는 좀 겁먹었지만, 이제 다크니스는 어디까지나 다크니스라고 여기고 있어요. 홍마족의 힘을 빌리고 싶을 때는 주저하지 말고 말하세요. 마을 사람들에게 편지 정도는 써줄 수 있어요."

우리가 입 모아 그렇게 말하자 다크니스는 약간 멋쩍은 것 같으면서도 왠지 기쁜 표정을 지었다.

"너, 너희들……! ……응? 잠깐, 뭔가 이상하지 않느냐! 게다가 내가 너희의 이름을 빌리거나, 아쿠시즈 교단이나 홍마족의 힘을 빌릴 일이 있을 것 같지는 않은데……!"

다크니스가 영문 모를 소리를 늘어놓는 사이, 우리는 텔레포트를 하기 위해 마법진 안에서 대기했다.

바로 그때였다.

"저기, 카즈마. 텔레포트를 통해 전송을 할 때, 극히 드물게 사고가 일어나기도 한대! 우연히 텔레포트 마법진에 들어온 다른 동물과 뒤섞이는 거야! 워울프나 라미아 같은 건 그렇게 해서 생겨난 동물이래!"

아쿠아가 겁을 주려는 것처럼 느닷없이 그런 소리를 했지만—

"그럼 다음에 고블린을 세 마리 정도 잡아와서 너와 같이 전송시켜야겠네. 잘 섞인다면 네 지력이 조금은 상승할 거야."

"뭐? 이 망할 백수가! 너야말로 일개미와 같이 전송시켜서 그 백수 체질을 고쳐버리겠어!"

"저, 저기……. 진짜로 전송 사고가 일어날 수도 있으니 마법진 위에서 날뛰지 말아주세요……."

텔레포트 가게 주인은 난처한 표정으로 그렇게 말했고 나는 그에게 출발 지시를 내렸다.

"좋아. 아저씨, 왕도로 데려다줘!"

지금까지 내가 해결한 커다란 의뢰는 전부 운 나쁘게 휘말려서 맡게 되었던 것들이다.

하지만 이번은 다르다.

얼굴도 모르는 딴 나라의 왕자에게 소중한 여동생을 넘겨 줄 수는 없다는 내 의지를 반드시 관철하고 말겠다.

"자, 잠깐……!"

다크니스가 또 불평을 늘어놓기 위해 입을 열었지만 텔레포트 가게 주인은 개의치 않으며 마법을 사용했다.

"『텔레포트』!"

제2장 이 온실 속 화초들에게 교육을!

1

텔레포트로 왕도에 도착한 우리는 오랜만에 왕성으로 향했다.

성 앞에는 문지기가 두 명 있었으며 미심쩍은 이를 쳐다보는 눈길로 우리를 보고 있었다.

"멈춰라! 이 앞에는 용건이 없는 자는 들어갈 수 없다. 모험가가 함부로 드나들어도 되는 장소가 아니지!"

병사가 고압적인 태도를 취하며 그렇게 말하길래, 나는 아이리스에게 받은 편지를 으스대듯 보여주며 입을 열었다.

"나는 아이리스 공주님의 의뢰를 받고 액셀 마을에서 온 모험가, 사토 카즈마야."

왕가의 문양이 새겨진 봉투를 본 병사들은 표정을 싹 바꾸고 자세를 고쳤다.

"무, 무례를 범했습니다……! 지금 바로 윗사람을 불러올 테니 잠시만 기다려 주십시오! 이 봉투를 잠시 맡아도 되겠습니까?"

"음. 좋다. 허락하지."

공손한 태도를 취하는 두 병사 앞에서 내가 으스대고 있을 때 다크니스가 내 옆구리를 손가락으로 콕콕 찔렀다.

병사는 봉투 안의 편지를 확인하다 고개를 갸웃거렸다.

"음? 편지가 찢어졌습니다만……."

"아, 그건 신경 쓰지 않아도 돼! 모험가로 살다 보면 피치 못할 때가 있거든! 몬스터에게 공격을 받는다든가 해서 말이야!"

"아, 그렇군요……. 그럼 대기실에서 기다려주십시오."

분노에 휩싸여 왕가의 편지를 찢었다고는 말할 수가 없어서 대충 둘러대자 병사 중 한 명이 우리를 대기실로 안내했다.

다들 자리에 앉아서 기다리고 있을 때, 우리를 이곳으로 안내한 병사가 눈을 반짝이며 최근 왕도에서 돌고 있는 소문을 이야기해줬다.

"—사토 카즈마 님이시라면, 최근에 왕도에서 이름을 떨치고 있는 바로 그 분이시죠? 최전선의 요새에서 지휘를 맡은 더스티네스 님을 보좌하며 저희 군을 승리로 이끄셨다면서요? 두뇌 회전이 빠르고 무수한 스킬을 사용하는 리더인 카즈마 님을 비롯해, 크루세이더인 더스티네스 경, 엄청난 마력을 자랑하는 아크 위저드, 그리고 미장이로 구성된 실력파 파티라고 들었습니다."

"저기, 아름다운 아크 프리스트 님이 언급되지 않은 것 같은데?"

이러쿵저러쿵해도, 우리는 마왕군 간부를 누구보다 많이 해치운 파티다.

지금까지 이름이 알려지지 않은 게 이상한 것이다.

"현재 이름이 알려진 파티 멤버는 카즈마 님과 더스티네스 경뿐입니다만, 혹시 저기 계신 분이 폭렬마법까지 펼치시는 바로 그 대마법사 님인가요? 엄청난 활약을 했는데도 이름이 알려지지 않았기에, 남들 앞에 나서는 걸 좋아하지 않고 겸허하며 미스터리어스한 인물이라는 소문이 돌고 있습니다만……."

병사의 말을 듣고 고개를 들어올린 메구밍의 입꼬리가 살짝 치켜 올라갔지만 그녀는 사려 깊은 마법사인 척 하려는 건지 차분한 목소리로 이렇게 대답했다.

"……호오, 그런 소문이 돌고 있는 건가요? 뭐, 겸허하다고 할 수 있을지도 몰라요. 저는 모험을 해서 번 돈을 전부 카즈마에게 맡기고 있으니까요."

"저기, 내 이름도 언급되지 않았거든? 전세계에 널리 알려져 있는 내 이름이 언급되지 않았거든?"

메구밍의 이름이 알려지지 않은 건 다른 이유 때문이라고 생각하지만, 그녀는 겸허하고 미스터리어스하다는 칭찬을 듣고 기분이 좋아져서 거기까지 생각이 미치지 않는 것 같았다.

그런 메구밍의 태도를 본 병사는 감격한 것처럼 더욱 눈을 반짝였다.

"대, 대단하시군요. 돈이나 명성에는 관심이 없으신 건가요?!"

"훗……. 내 비원은 마법의 진수에 도달하는 것뿐. 리더인 카즈마가 제 힘을 빌리고 싶어 할 때, 저는 이렇게 말했습니다. 내가 원하는 것은 최소한의 식비와 잡비. 그리고 내 힘을 마음껏 펼치며 활약할 기회뿐이다, 라고 말이죠……!"

"오오오오오오오오!"

이 녀석, 파티에서 쫓아내려고 했을 때 식비와 잡비만 주면 되니까 버리지 말아달라고 매달리지 않았어?

바로 그때였다.

"아앗! 진짜로 왔어!"

문이 활짝 열리더니 대기실 입구에서 비통한 목소리가 들려왔다.

그쪽에는 후드를 깊게 눌러쓴 마법사가 서 있었다.

나와 면식이 있는 그 사람은 바로 아이리스의 교육 담당과 호위를 겸하고 있는 귀족 영애, 레인이다.

"말이 심하잖아. 나는 아이리스가 불러서 일부러 왔다고. 원래라면 마왕군 간부를 또 쓰러뜨린 파티를 칭송하기 위해

표창식이나 만찬회를 열어줘야 하는 거 아냐?"

"윽……. 그, 그게……."

레인은 찔리는 구석이 있는지 약간 거북한 표정을 지으며 고개를 돌렸다.

그리고 레인은 내 옆에 있던 다크니스의 팔을 잡더니 곧장 대기실 밖으로 끌고 나갔다. 그녀는 내 쪽을 힐끔힐끔 쳐다보면서 낮은 목소리로 다크니스와 이야기를 나누기 시작했다.

『더스티네스 님, 이번 의뢰는 어떻게든 단념하게 만들겠다고 하셨잖아요?! 저 분에게 아이리스 님을 맡겼다간 분명 외교 문제가……!』

『나도 안다. 최선을 다해봤지만 의외로 저항이 거세더구나. 다행히 저 남자는 내가 포기했다고 생각하며 방심한 상태지. 옆 나라의 수도에 도착하면 약이라도 먹여서 아이리스 님이 그곳에 머무시는 동안 계속 자고 있게 만들 생각이다.』

『오오, 역시 더스티네스 님! 그럼 안심해도 되겠군요!』

……저 녀석들, 무슨 짓을 꾸미고 있는 거야?

그것보다, 다크니스는 나라의 요청으로 내가 아이리스의 의뢰를 받아들이지 못하게 하려고 했던 거구나.

참고로 내가 저 두 사람의 밀담을 이해할 수 있는 건—.

"카즈마, 왜 저 두 사람의 얼굴을 뚫어져라 쳐다보는 거야?"

"아, 요번에 익힌 스킬이 잘 써지는지 시험해봤어."

바로 『독순술』이라는 스킬 덕분이다.

이건 상대의 입모양을 보기만 해도 대화 내용을 얼추 알수 있는 새로운 스킬이다.

심심풀이 삼아 모험가 길드 녀석들의 대화나 훔쳐들을까 싶어 별생각 없이 익힌 스킬인데 의외로 쓸모가 있었다.

바로 그때, 대기실 밖이 시끌벅적해졌다.

"사토 카즈마! 사토 카즈마가 왔다는 게 사실이냐!"

귀에 익은 이 목소리의 주인은 내가 약간 거북해 하는 여성이다.

우리가 무슨 일인가 싶어 그쪽을 쳐다보니 아이리스의 호위 담당이자 흰색 정장이 트레이드마크인 대귀족, 클레어가 방 안으로 뛰어 들어왔다.

클레어는 나를 보고 아무 말 없이 내 팔을 잡아당기며 구석으로 끌고 간 후―.

"어? 흰색 정장, 뭐하는 거야? 너도 내가 호위를 맡는 걸 반대하는 거야?"

나는 경계심을 품으면서 그렇게 말했지만 클레어는 몸을 웅크린 채 목소리를 낮추더니―.

"무례한 놈, 흰색 정장이라고 부르지 마라. 하지만 이번에는 와줘서 정말 고맙다."

......

"대체 무슨 바람이 불었기에, 네가 나한테 고맙다는 소리를 하는 거야? 무슨 꿍꿍이인데?"

내가 그 태도를 보고 더욱 경계하자—.

"꿍꿍이 같은 건 없다. ……아니, 꿍꿍이가 없는 건 아닌가. 어이, 네놈에게 이걸 주마."

클레어는 그렇게 말하고 가문의 문양이 새겨진 펜던트를 나에게 건네줬다.

그것은 귀족의 신분을 증명하는 소중한 물건이며 다크니스도 항상 가지고 다녔다.

"……진짜 뭐라도 잘못 먹었어? 너, 평소에 나한테 쌀쌀맞았지만 실은 나한테 반했던 거야? 미안하지만 나는 어떤 여자애하고 잘 되어가고 있거든. 나는 성실한 남자라서 너를 받아줄 수 없어. 미안하지만 포기해."

"네놈은 바보냐?! 대체 무슨 소리를 하는 것이냐! 그리고 아직 아무 말도 안 했는데, 내가 왜 차여야 하는 거냐!"

격앙된 클레어는 자신의 목소리가 너무 컸다는 걸 깨닫고 화들짝 놀라더니 주위를 둘러보며 마음을 진정시켰다.

"그게 아니라, 이번만은 너와 협력할 수 있을 거 같아서 말이다. 이번 만남에는 정치적인 이유가 얽혀 있다만……. 나는 아이리스 님의 약혼 자체를 반대하거든."

"좋아. 자세하게 설명 좀 해봐."

내가 진지하게 이야기를 들어보려고 하자 클레어는 품속

에서 무언가를 꺼내며 입을 열었다.

"아이리스 님의 약혼 상대는 옆 나라의 제1왕자다. 하지만 그 녀석은 제멋대로에 어리광만 잔뜩 부려대는 꼬맹이다. 전투 면에서의 재능도 아이리스 님의 발끝에조차 미치지 못하는 데다, 외모 또한 이 세상 그 누구보다 가련하고 아름다운 아이리스 님께 어울리지 않지. 게다가 옆 나라 엘로드는 우리나라를 깔보고 있어서, 아이리스 님이 시집을 가더라도 촌뜨기 취급을 당하며 고생만 하실 거다. ……그러니 네놈에게 이걸 주마."

클레어는 그렇게 말하면서 검은색 꾸러미를 나에게 넘겨줬다.

"이게 뭔데?"

"귀족이 정적을 제거할 때 사용하는 독약……."

나는 그걸 받자마자 그대로 버렸다.

"뭐하는 거냐?! 이걸 손에 넣느라 얼마나 많은 돈을 들였는지 아느냐!"

"남을 암살자로 만들지 마! 약혼 파기라면 기쁜 마음으로 도와주겠지만, 쓰고 버리는 장기말로 이용당할 생각은 없다고! 너, 실은 그 녀석과 함께 나도 사회적으로 말살하려는 거지?!"

클레어는 혀를 살짝 차더니—.

"어쩔 수 없지. 그럼 네놈에게는 호위 임무 이외에도 의뢰를 하나 더 하겠다. 아까 맡긴 목걸이가 있으면 내가 속한 심포니아 가문의 권력을 어느 정도 행사할 수 있다. 이번만큼은 우리 가문이 네 뒷배가 되어주지. 아이리스 님을 어디서 굴러먹던 말 뼈다귀인지도 모르는 자식에게 넘겨줄 수는 없다. 무슨 수를 써서라도 약혼을 박살내다오."

"그런 거라면 얼마든지 받아주겠어. 아이리스를 불행하게 만들 수는 없거든. 나한테 맡겨둬. 상대가 건방진 꼬맹이라면 모든 수단을 동원해서 방해하겠어."

나는 그렇게 대답했고 클레어는 환한 표정을 지으며 말했다.

"나는 너를 오해하고 있었던 것 같다. 지금까지 범했던 무례를 용서해다오. 그리고 아이리스 님을 잘 부탁한다."

"나야말로 지금까지 미안했어. 아이리스를 향한 네 마음은 진심에서 우러나온 것 같네. 이래 봬도 나 또한 수많은 강적과 싸워온 남자야. 이 정도는 식은 죽 먹기라고."

아이리스 때문에 항상 다퉜던 우리는 이 순간 화해했다.

나와 클레어는 서로를 향해 내민 오른손을 힘껏 움켜잡았다.

"지금 이 자리에서만큼은 네가 누구보다도 믿음직해 보이는구나. 나는 이 나라를 떠날 수 없다. 그래도 보수는 톡톡히 챙겨줄 테니 기대해라."

"나야말로 너처럼 든든한 뒷배가 생겨서 기뻐. 그리고 보수로는, 일이 잘 풀렸을 때 같이 술이나 마시며 아이리스가 어릴 적에 얼마나 사랑스러웠는지 이야기해줘.”

“정말 욕심이 없는 남자구나. 밤새도록 이야기해주마. 어릴 적의 아이리스 님이 얼마나 엄청난 파괴력을 지니고 계셨는지를 말이다.”

그런 대화를 나눈 우리는 주위의 눈길을 개의치 않으며 한동안 웃었다.

“두 사람은 꽤 친해 보이는 군요.”

바로 그때, 쓸쓸한 목소리가 들려왔다.

목소리가 들려온 대기실 입구를 향해 고개를 돌려보니, 낯을 가리는 것처럼 우물쭈물하면서 얼굴만 쏙 내밀고 있는 한 소녀의 모습이 눈에 들어왔다.

왕녀 아이리스는 나와 눈이 마주치자 배시시 웃으며 이렇게 말했다.

“기다리고 있었어요, 오라버니. 정말 오랜만이에요……!”

2

왕성 뒤편으로 안내된 우리는 겉보기에는 검소해 보이지만 꽤 튼튼해 보이는 마차 앞에 섰다.

아니, 정확하게 말하자면 이것은 마차가 아니었다.

원래 바퀴가 있어야 하는 곳에 아무것도 없었으며 이것을 끄는 건 말이 아니었던 것이다.

"리자드 러너예요! 카즈마, 리자드 러너라고요, 리자드 러너!"

메구밍이 흥분을 감추지 못하고 내 옷소매를 잡아당겼다.

그렇다. 마차 같아 보이는 이 탈것에 연결되어 있는 것은 도마뱀 두 마리였다.

옛날에 우리가 토벌 의뢰를 받은 적이 있는 목도리도마뱀처럼 생긴 이족보행 몬스터들은 우리를 보더니 울음소리를 냈다.

"큥큥큐이~!"

험상궂은 외모와 어울리지 않는 귀여운 울음소리를 내자 아쿠아와 메구밍은 눈을 반짝였다.

"음, 왕가의 용차를 이용하는 것이냐? 이번 만남은 비밀리에 추진 중이라고 들었다만…….'

용차를 본 다크니스가 그렇게 말했다.

"일반 마차로는 이동에 시간이 너무 걸리거든. 마차로는 열흘 정도 걸릴 거리지만, 왕가 특제 용차라면 이동 시간을 대폭 단축할 수 있을 거다.'

그렇게 말한 클레어는 낮은 목소리로 뭐라고 읊조리면서 용차를 향해 손을 내밀었다.

그러자 용차가 지상에서 수십 센티미터 정도 높이로 떠올랐다.

아하, 이래서 바퀴가 달리지 않았구나.

이러면 리자드 러너에게 가해지는 부담도 거의 없을 테니 속도가 상당하리라.

"아이리스 님을 열흘 넘게 보지 못했다간 내가 이상해질 거다. 일반 마차로는 왕복에 20일은 걸리겠지. 그렇게 긴 시간 동안 아이리스 님을 못 본다니, 그건 지옥이나 다름없다."

"그냥 너도 같이 가는 게 낫지 않아?"

내가 약간 질린 표정을 지으며 그렇게 말하니 클레어는 인상을 쓰면서 입을 열었다.

"이번 만남은 비밀리에 추진 중이라고 방금 언급됐을 텐데? 우리가 함께 했다간 아이리스 님의 정체가 들통 날지도 모른다. 그래서 용차도 수수하게 보이도록 겉모습을 개량했지. 게다가 나는 이 나라의 유력 인사라서 그만큼 많은 일을 맡고 있지. 그러니까 며칠씩이나 자리를 비울 수는 없어."

이 녀석이 유력 인사라는 말을 듣고 이 나라의 미래가 걱정되기 시작했다.

바로 그때 다크니스는 마부석에 앉더니 리자드 러너들과 연결된 가죽고삐를 쥐었다.

다크니스가 마부를 맡을 생각인가 보다.

귀족인 만큼 말을 다루는데 익숙하다고 한다.

리자드 러너는 말과 다르지만 다크니스는 문제없다고 말했다.

매사에 서툰 이 녀석에게 마부 역할을 맡기려니 일말의 불안감이 느껴졌다.

이번에 아이리스를 호위하는 이는 우리뿐이라고 한다.

호위랍시고 고지식한 녀석들이 우르르 따라오면, 나보고 아이리스를 허물없이 대하지 말라며 화만 낼 것 같으니 차라리 잘됐다.

아이리스는 우리가 오기 전에 여행 준비를 마친 것 같았다.

그녀는 더는 못 기다리겠다는 듯 왕족이 착용할 법한 갑옷과 눈부신 검을 장비한 채 용차에 탔다.

"오라버니, 자, 타세요! 제 옆자리가 비어 있으니까, 예전처럼 같이 게임을 해요!"

"호오? 아이리스는 이 오빠를 따르는구나. 좋아, 이 오빠도 힘 좀 내볼까!"

용차에 탄 아이리스는 자신의 옆자리를 손가락으로 가리키며 나를 향해 손짓을 했다.

오랫동안 만나지 못한 만큼 내가 많이 그리웠던 걸지도 모른다.

마지막으로 헤어졌을 때보다 나를 더 따르는 느낌이 들었다.

내 뒤를 이어 용차에 탄 메구밍이 아이리스를 향해 고개를 쑥 내밀었다.

"어이, 말단 부하 주제에 가장 좋은 자리를 차지하다니, 정말 뻔뻔하구나! 전망이 좋은 마부석 뒷자리는 저에게 양보하세요! 안 그러면 앞으로는 같이 놀아주지 않을 거예요!"

"야, 약았어요! 그것과 이건 별개의 문제잖아요! 그리고 지금의 저는 말단 부하가 아니라 왕녀님이에요! 잘났다고요! 그러니 마부석 뒷자리를 양보할 수는 없어요! 정 이 자리를 차지하고 싶으면 저와 승부를 해서 빼앗아 보세요!"

오랜만에 만난 저 두 사람이 느닷없이 드잡이를 시작하자, 클레어와 레인은 마치 이런 일에 질렸다는 반응을 보이며 머리를 감싸 쥐었다.

"……어이, 다크니스. 혹시 나 몰래 너희끼리 아이리스를 만난 적 있어? 왠지 메구밍과 아이리스가 엄청 사이가 좋아보여."

"그, 그런 적은 없는데……. 그것보다, 나는 메구밍이 아이리스 님을 말단 부하라고 부르는 게 더 신경 쓰인다만……."

우리가 두 사람을 의아하다는 듯 쳐다보고 있는 사이에 아무래도 자리가 정해진 것 같았다.

"그럼 저와 아이리스가 마부석 뒤편에 앉겠어요."

"좋아요. 절대 안 질 거예요. 이 게임에서 승리한 사람의 명령을 들어주기로 해요!"

어라?

"저기, 내 옆자리를 차지하기 위한 승부 아니었어? 그게 왜 그렇게 변한 거야?"

참고로 용차는 4인용이다.

안에는 2인석 좌석 두 개가 설치되어 있었다.

"나는 다크니스의 옆에 앉을래. 이 용차 앞에 펼쳐진 풍경

을 누구보다 먼저 보고 싶거든."

경치에 낚인 아쿠아는 마부석에 앉겠다고 했고 결국 나는 외톨이가 되었다.

어, 좀 이상하지 않아?

즐거운 여행은 대체 어디 가 버린 거야?

내가 불만을 늘어놓으며 용차에 타자 클레어가 아이리스의 곁으로 뛰어왔다.

"아이리스 님, 빠뜨린 물건은 없으십니까? 손수건은 챙기셨습니까? 비상금은요? 긴급 상황에는 제가 드린 두루마리와 매직 아이템을 아낌없이 사용하세요. 그리고 쓸쓸해도 울지 마시길……."

"클레어. 저는 이제 어린애가 아니니까 괜찮아요. 그리고 놔주지 않으면 출발을 할 수가 없어요……."

아이리스를 끌어안고 놔주지 않는 클레어를 레인이 억지로 떼어놓았다.

"그럼 아이리스 님, 너무 무리하지는 마시고 무사히 다녀오시길. 좋은 여행 되십시오!"

"사토 카즈마, 아이리스 님을 부탁한다! 아이리스 님께 무례를 범하는 자들은 전부 베어버려도 된다! ……아이리스 니이이이이이임!"

두 사람에게 배웅을 받으며―.

"그럼 둘 다 잘 있어요. 다녀올게요!"

아이리스가 손을 흔들고 다크니스가 리자드 러너들을 향해 채찍질을 했다—.

3

이번 의뢰는 반쯤 여행에 가까우며 그저 용차를 타고 옆 나라에 가기만 하면 된다.

그렇게 생각하던 시기가 저에게도 있었습니다.

"꺄아아아아아아! 카즈마 씨~! 카즈마 씨~!! 자리 좀 바꿔줬으면 좋겠는데요?! 엄청 무섭거든요?!"

"어이, 너무 빠른 거 아냐?! 사고라도 났다간 즉사할 거 같은데?!"

리자드 러너가 너무 빨라서 아쿠아가 비명을 질렀고 나는 그렇게 외쳤다.

지상에서 떠있기 때문에 저항을 거의 받지 않는 용차는 리자드 러너에게 끌려가며 엄청난 속도로 달리고 있었다.

"걱정하지 마라, 카즈마. 왕족의 용차에는 강력한 결계가 쳐져 있다. 설령 사고가 나더라도 박살이 나는 건 마부석분이다. 하하하하, 멋지구나! 이 리자드 러너들은 정말 끝내주는걸! 좋아! 더 빨리 달려라! 달려!"

"멈춰! 나, 용차 안으로 들어갈래!"

기분이 고양된 다크니스의 발언을 들은 아쿠아가 울부짖

는 가운데, 아이리스와 메구밍은 어린애들처럼 즐거워했다.

"카즈마! 카즈마! 방금 만티코어 같은 생물이 교미를 하고 있었어요!"

"어, 어디서요?! 저도 만티코어를 보고 싶어요!"

엄청난 속도로 바뀌는 바깥 경치에 정신이 팔려 게임을 할 생각이 안 드는 걸까. 아니면 이런 여행이 처음인 걸까.

어린애 둘은 눈을 반짝이며 경쟁하듯 창밖의 경치를 뚫어져라 쳐다보고 있었다.

"당신이 보고 싶은 건 만티코어가 아니라 교미일 텐데요. 정말, 카즈마에게 이상한 장난을 치려고 한 귀족 영애도 그렇고, 색골 왕족도 그렇고, 이 나라는 정말 괜찮은 건가요?"

"왕족 중에는 색골이 없어요! ……그것보다, 오라버니에게 장난을 치려고 한 귀족 영애가 대체 누구죠? ……설마…….'"

방금까지만 해도 기분이 하늘을 찌를 것 같던 두 어린애는 마부석 쪽을 쳐다봤고 그곳에 앉아있던 다크니스의 귀가 빨개졌다.

"저기, 이런 속도로 달리다 몬스터와 부딪치기라도 하면 어떻게 할 거야?! 나처럼 신성한 존재가 짓뭉개지면 이 세상은 끝이란 말이야! 저기, 다크니스?! 내 말 듣고 있어?!"

"아쿠아, 걱정하지 마라. 이 용차에는 몬스터를 다가오지 못하게 하는 마도구가 달려 있으니 몬스터에게 습격을 당할 가능성은 거의 없다. 운이 어마어마하게 나쁘다면 또 모르겠지만……."

"저기, 카즈마! 다크니스가 복선을 깔았어! 부탁이야! 나
좀 용차 안으로 들여보내줘!"

―왕족을 호위하는 여행답지 않게 시끌벅적했다. 이런 나
날이 매일같이 계속되는 건가.

그것보다 우리가 호위 임무를 제대로 수행할 수 있을까.

나는 이제 와서 불안감을 느꼈지만 그 걱정은 순식간에
사라졌다.

『엑스테리온!』

아이리스가 그렇게 외친 순간, 그녀가 쥔 검에서 찬란히
빛나는 일격이 뿜어져 나왔다.

만화나 게임에서 용사가 쓰는 필살기 같은 그 공격은 우
리를 막아선 소처럼 생긴 거대한 몬스터를 두 동강 냈다.

다크니스의 아까 발언 때문인지 몬스터 무리가 길을 막아
섰고, 이대로 몬스터와 부딪칠 수 없기에 용차를 세운 우리
는 그 몬스터를 해치우려고 밖으로 나왔지만…….

나는 옆에 있는 다크니스를 손짓으로 불러서 물어보았다.

"저기, 아이리스는 왜 저렇게 강한 거야? 솔직히 말해 우
리 도움 같은 건 필요 없을 것 같은데?"

"아이리스 님은 왕족이시다. 왕족과 유력 귀족은 옛날부터 강한 용사들과 혼인 관계를 맺어 자손을 남김으로써 잠재능력을 비약적으로 상승시켜왔지. 게다가 각종 분야에서 최고의 교육을 받는다. 그뿐만 아니라 경험치를 풍부하게 얻을 수 있는 고급 식재료를 섭취하며 레벨을 올리고, 용사에게서 물려받은 강력한 무기로 싸우지. 폐하와 제1왕자께서 지금도 최전선에서 싸우고 있다는 걸 모르는 것이냐?"

그딴 거 몰라. 그 말이 사실이라면 왕족이 마왕을 쓰러뜨리러 가면 되겠네.

우리만 호위로 붙인 게 좀 이상하다고 생각했어.

아이리스의 실력을 보고 내가 약간 질렸을 때 만면에 미소를 지은 그녀가 검을 꼭 끌어안으며 나를 향해 뛰어왔다.

"오라버니, 보셨죠? 저도 열심히 수련을 했어요!"

아이리스는 칭찬을 해달라는 표정을 지었고 나는 아까까지 하던 생각이 머릿속에서 싹 사라졌다.

"역시 내 동생이야. 마왕군 간부를 쓰러뜨린 나보다는 못하지만, 이 정도면 충분히 합격점이지. 앞으로도 더욱 활약해줘."

"오라버니의 그 자신감이 어디서 나오는 건지는 모르겠지만 선봉은 저한테 맡겨주세요! 선조님들로부터 대대로 물려받아온 이 신기(神器)로 몬스터들을 다 쓸어버릴게요!"

이 애, 방금 신기라고 말했지?

"저기, 그 검은 뭐야? 번쩍번쩍 빛이 나는 게 엄청 비싸 보여."

"이것 말인가요? 이건 무슨칼리버라고 하는 국보예요. 소유자를 온갖 상태이상이나 저주로부터 지켜주는 신기죠. 칼집이 예쁘기에 아버님께 달라고 졸랐답니다."

나, 그 무슨칼리버라는 검을 알아.

내가 죽어있는 사이에 메구밍이 내 몸에 그런 낙서를 한 적이 있었어.

저거, 지구에 사는 사람들 중에 모르는 사람이 거의 없는 유명한 성검 아냐?

그런 걸 전장에서 싸우는 용사가 아니라 공주님이 가지고 다녀도 괜찮은 거야?

아이리스가 싱글벙글 웃자 활약할 기회를 빼앗긴 메구밍이 어찌된 영문인지 으스대면서 이렇게 말했다.

"역시 말단 부하라고 해도 제 왼팔답군요. 몬스터가 보이면 아까처럼 다 베어버리세요."

"예! 맡겨만 주세요!"

어이, 이러면 안 되잖아.

우리가 지켜야 하는 아이리스가 앞장서서 돌격을 하면 어떻게 하냐고…….

"어이, 메구밍. 왼팔이니, 말단 부하니 같은 건 무슨 소리야? 너, 나 몰래 이상한 짓을 하고 다니는 건 아니겠지? 왜

지 불길한 느낌이 든다고. 아이리스와는 편지를 몇 번 주고받은 사이인 거지? 그렇지?"

"이상한 짓이라뇨. 정말 무례하네요. 저희는 그저 정의를 구현했을 뿐이에요. 그리고 아직 왼팔, 오른팔과 함께 아지트를 손에 넣고 영역을 확장하기만 했어요. 저희 조직이 더욱 거대해지면 카즈마도 동료로 받아줄게요."

즉, 친구와 함께 비밀기지라도 만들어서 놀고 있는 건가.

이 녀석한테는 그런 어린애 같은 구석이 있다니깐. 단둘이 있을 때는 내 가슴이 두근거릴 만한 행동을 하면서 말이야……

4

옆 나라로 향하는 여행 첫날.

솔직히 말해, 아이리스가 이렇게 강할 줄은 몰랐다.

주위가 어둑어둑해져서 야영을 하기로 한 우리가 준비를 하려고 용차에서 내렸을 때의 일이다.

"역시 아이리스 님이십니다. 이렇게 강하실 줄은 몰랐습니다. 노력을 정말 많이 하셨겠군요."

다크니스는 오늘 몬스터와 맞닥뜨리자마자 전부 해치워버렸던 아이리스를 향해, 여동생의 성장을 기뻐하는 언니처럼 상냥한 미소를 지었다.

그렇다. 우리는 호위 의뢰를 받아놓고 아무것도 하지 않았다.

뭐, 편해서 좋았다.

하지만 오빠로서의 위엄이 무너지는 것 같다고 할까…….

다크니스에게 칭찬을 받은 아이리스가 뭔가를 그리워하듯 눈을 가늘게 떴다.

"그러고 보니 옛날에는 라라티나가 저를 단련시켜준 적도 있었죠. 그 덕분에 이렇게 강해질 수 있었어요. 라라티나에게는 정말 감사하고 있답니다."

"후후, 과분한 말씀입니다."

아이리스는 멋쩍어 하며 그렇게 말했고 다크니스는 신하의 예를 취하면서 미소 지었다.

…….

"그러고 보니 더스티네스 가문은 왕가를 지키는 일족이라고 했었지? 그런데 너는 오늘 보호받기만 했잖아."

"윽?!"

내가 별생각 없이 그렇게 말하자 다크니스의 표정이 딱딱하게 굳어졌다.

"무무, 무슨 소리를 하는 거냐. 오늘 마주친 몬스터 정도라면 아이리스 님의 실전 연습 상대로 적당할 것 같아서……!"

다크니스가 눈에 띄게 동요하니 아이리스는 허둥지둥 그녀를 감싸듯 이렇게 말했다.

"오라버니, 라라티나는 여차할 때 왕가를 지키는 수호자예요. 우리나라의 갑옷이자 방패죠. 아까 같은 별것 아닌 일에 라라티나가 나설 필요는 없어요. 하지만 제가 위기에 처한다면, 분명 저를 도와줄 거랍니다!"

"아, 아이리스 님……!"

감격한 다크니스가 아이리스에게 안겼다. 그러자 아이리스는 그런 그녀의 머리를 쓰다듬어주면서 위로했다.

다크니스는 아까까지만 해도 아이리스의 성장을 기뻐하는 언니 같았지만 지금은 누가 언니이고 누가 동생인지 분간이 안 되었다.

여전히 성가신 다크니스를 내버려둔 우리는 야영 준비를 시작했다.

이제 와서 생각해보면 우리는 평소 먼 곳까지 잘 나가지 않기에 이런 식으로 본격적인 야영을 하는 건 처음이다.

호위로서 멋진 모습을 보여주지 못했지만, 나는 오빠로서의 위엄을 되찾기 위해 솔선해서 텐트 설치 및 식사 준비를 하기로 마음먹었다.

왠지 캠핑을 하는 느낌이라 내가 즐거워하고 있을 때 기분이 좀 풀린 다크니스가 마도구 같은 것을 꺼냈다.

"그럼 숙박 준비를 할 테니 아이리스 님께서는 물러나 계십시오."

다크니스는 그렇게 말하면서 사각형 물체를 널찍한 곳을

향해 던졌다.

그리고 그 물체가 한순간 반짝인 순간, 그곳에 조그마한 저택이 생겨났다.

"……뭘 한 거야?"

"보면 모르겠느냐? 설마 일국의 왕녀께 야영을 시킬 생각 이었던 건 아니겠지? 이건 우리나라가 보유한 최고급 마도 구 중 하나다. 몬스터를 쫓는 결계가 쳐져 있을 뿐만 아니 라 휴대가 편리한……."

"그딴 설명은 됐어! 진짜로 우리가 같이 갈 필요가 있는 거야?!"

나는 마도구를 설명하는 다크니스를 향해 무심코 태클을 날렸다. 그래도 텐트에서 자는 것보다는 훨씬 나을 게 틀림 없다.

용차용 오두막까지 있는 저택으로 들어간 우리는 짐을 두 고 휴식을 취했다.

─하다못해 요리만은 관련 스킬을 보유한 내가 하기로 했다.

다른 이들은 현재 자신들이 이용할 방을 정하기 위해 이 마법 저택 내부를 탐색하고 있었다.

왕녀님인 아이리스라면 평소에 비싼 요리만 잔뜩 먹었을 테니 맛있는 음식에는 질렸을 것이다.

그럼 아이리스가 평소 먹을 일이 없을 법한 요리가 좋으리라.

내가 요리에 쓸 재료를 찾으면서 부엌을 살펴보았다.

상하수도가 없는 널찍한 곳에 세운 저택인데도, 수도꼭지를 돌려보니 물이 나온다고 하는 이 불합리한 사실에 내가 약간의 분노를 느끼고 있을 때—.

"오라버니, 혹시 제가 도울 일은 없나요?"

내 뒤편에서 그런 말이 들려왔다.

고개를 돌리자 부엌 문 뒤편에서 아이리스가 고개만 내밀고 있었다.

"왕녀님에게 요리를 도와달라고 할 수는 없잖아. 내가 솜씨를 발휘할 테니까 얌전히 기다리고 있어."

"왕녀라도 요리를 도울 수 있어요! 성에 있을 때는 제가 아무리 부탁해도 요리를 해볼 수가 없었어요. 그런 건 아랫사람들이 하는 거라면서……."

아이리스가 그렇게 말하며 풀이 죽은 것처럼 고개를 숙이자 나는 죄책감을 느꼈다.

확실히 온실 속 화초처럼 자란 공주님은 요리를 해볼 기회가 없었을 것이다.

……좋아.

"그럼 조금만 도와줘. 하지만 요리라는 건 쉬운 게 아냐. 내 지시에 따르면서, 다치지 않도록 조심해."

"예! 알았어요, 오라버니!"

아이리스의 환한 표정을 보며 마음속으로 안도한 나는,

그녀에게 간단한 작업을 맡기기 위해 부엌에 구비되어 있던 마도 냉장고에서 재료를 꺼냈다.

아이리스가 평소 먹어본 적이 없을 것 같으면서 나도 만들 수 있는 간단한 요리라면…….

"그러면 오늘은 볶음밥과 만두를 만들겠어요."

"예! ……볶음밥? 만두? 그건 어떤 요리죠?"

나는 우선 냉장고 안에 있는 양배추를 꺼냈다.

"볶음밥이라는 건 말이지. 싫어하는 사람이 없다는 소리를 들을 만큼 인기 있는 요리지만, 온실 속 화초처럼 자란 아이리스와 다크니스는 먹어본 적이 없을 거야."

"그렇게 인기 있는 요리인가요? 그런 요리가 있는 줄도 몰랐어요. 오라버니, 저에게 만드는 법을 가르쳐주세요!"

아이리스는 존경어린 눈길로 쳐다봤고 나는 입가를 히죽거리면서 손에 쥔 양배추를 도마에 뒀다.

"우선 만두에 들어갈 속부터 만들어볼까! 만두 안에 들어갈 재료는 양배추와 부추, 다진 고기……. 우와앗!"

"아앗, 양배추가!"

도마에 놓여있던 양배추는 방금까지 죽은 척을 하고 있었지만 내가 식칼을 든 순간, 그대로 날아오르더니 활짝 열린 창밖으로 도망쳤다.

연기가 빠져나가라고 창문을 열어둔 게 실수였다.

"……잘 들어, 아이리스. 이처럼 요리라는 것을 할 때는 잠시도 방심해선 안 돼. 조심하고 또 조심하는 거야."

"오라버니, 식재료의 생사 확인이 기본 중의 기본이라는 건 세상 물정에 어두운 저도 배웠어요."

—그날 밤.

"카즈마, 이 요리는 뭐냐? 처음 보는 요리구나."

다크니스는 식탁에 놓인 요리를 흥미롭다는 듯이 쳐다보며 물었다.

그 후 두 번째 양배추와 격전을 벌이고, 볶음밥에 쓸 양파에게 아이리스가 기습을 당해 엉엉 우는 사태가 벌어졌지만 나는 무사히 볶음밥과 만두, 달걀 수프를 완성했다.

"라라티나, 이건 싫어하는 사람이 없다는 소리를 들을 만큼 인기 있는 요리인 볶음밥이라는 음식이래요. 실은 저도 이 요리를 만드는 걸 도왔어요!"

"아이리스 님께서 말입니까?! 정말 고생 많으셨겠군요. 벌써부터 맛이 기대됩니다."

가슴을 펴며 그렇게 말하는 아이리스를 보고 다크니스는 미소를 머금었다.

내가 요리를 먹고 그 맛에 만족하고 있을 때, 아이리스와 다크니스는 굳은 표정으로 요리를 쳐다보며 생각에 잠겨 있었다.

"라라티나, 이건 확실히 인기요리라고 할 만 하군요. 이 볶음밥이라는 것은 불로 볶았을 뿐인데도 맛에 깊이가 있어요."

"고급 식재료를 쓴 것 같지도 않군요. 왜 귀족과 왕족 사이에서 이렇게 맛있는 요리가 유행하지 않은 건지 불가사의 합니다만……."

왕가와 귀족의 만찬회에 만두와 볶음밥이 나온다면 테이블을 엎어버릴 것 같은데…….

세상물정에 어두운 두 상류층 아가씨가 대중요리를 즐기면서 존경어린 눈길로 나를 쳐다보고 있을 때, 아쿠아와 메구밍이 눈을 반짝이고 있는 것을 발견했다.

마치 재미있는 장난감을 발견한 것 같았다.

"저기, 카즈마. 내일 요리 당번은 나한테 맡겨줘. 저 두 사람에게 맛있는 음식을 맛보여주고 싶어."

"그럼 모레 저녁은 저에게 맡겨주세요. 홍마의 마을에서 자주 먹는 요리를 대접할게요."

메구밍은 몰라도, 평소 요리 당번이라면 질색을 하던 아쿠아가 이런 소리를 하니 정말 신기했다.

뭐, 여행은 한동안 계속될 것이다.

그러니 도와준다면 감사할 따름이다.

"어이, 카즈마. 이 감자칩이라는 디저트도 괜찮구나."

"예. 계속 손이 가요!"

나는 눈을 반짝이며 식후의 정크푸드를 즐기는 두 상류층

아가씨를 흐뭇한 표정으로 쳐다보고 내일 여행이 어떻게 될지 상상했다.

5

"자, 오라버니! 오늘도 같이 요리를 해요!"

다음날 밤.

도중에 우리를 막아선 몬스터들을 아이리스가 해치웠고, 그런 그녀를 상대로 라이벌 의식을 불태운 메구밍이 폭렬마법을 사용한 것 이외에는 무리 없이 여행이 계속되었지만―.

"아이리스는 의욕이 넘치네. 꽤 장래가 유망해 보이는걸. 오늘은 내 비장의 요리를 가르쳐줄게!"

"정말인가요?! 고마워요! 열심히 배울게요!"

오늘 저녁에는 나와 아이리스뿐만 아니라 아쿠아까지 부엌에 왔다.

나는 이제야 눈치챘다.

메구밍은 몰라도 아쿠아는 이 세상물정 모르는 공주님과 다크니스에게 괜한 지식을 가르쳐줄 심산인 것 같았다.

참고로 마력을 다 쓴 메구밍은 다크니스가 돌보고 있었다.

냉장고 안을 살펴본 아쿠아는 몇 개의 재료를 꺼내더니―.

"오늘 저녁은 참치마요네즈 비빔밥이야."

아쿠아는 허리에 척 하고 손을 대더니 그렇게 말했다.

이 녀석, 제정신일까?

공주님에게 볶음밥을 먹인 나도 문제지만 이러다 나중에 진짜로 혼나는 건 아닐까.

"또 들어본 적 없는 요리군요. 오라버니의 주위에 계신 분들은 하나같이 박식하시네요."

"나 정도 되는 아크 프리스트라면 그 정도는 당연히 알아야 하지 않겠어? 이건 바쁠 때 금방 만들어먹을 수 있는 요리야. 한순간의 방심 탓에 목숨을 잃을 수도 있는 모험가가 선호하는 요리라구."

"아하, 모험가에게 적합한 요리군요!"

아쿠아는 말도 안 되는 소리를 대충 지껄이고 참치와 마요네즈를 밥 위에 얹었다.

"완성됐어."

"심플하군요!"

이 녀석, 진짜로 제정신 맞는 거야?

아쿠아는 이대로는 안 되겠다고 생각한 건지, 냉장고에서 뭔가를 꺼내어—.

"이것만으로는 질릴 수도 있으니까, 후리카케[#1] 비빔밥과 날달걀 비빔밥도 준비해줄게."

#1 후리카케(振り掛け) 밥에 뿌려 먹는 가루 식품이며, 생선살과 김 등으로 만든다.

"예! 벌써부터 기대돼요!"

신기하다는 듯 참치 마요네즈 비빔밥을 쳐다보던 아이리스는 환한 미소를 지으며 그렇게 말했다.

—식사가 준비되고 내가 식탁에 앉으니 오늘도 두 상류층 아가씨가 흥미롭다는 듯 요리를 맛보고 있었다.

"라라티나, 이 요리는 순식간에 완성돼요. 만드는 데 1분도 걸리지 않았다니까요."

"아이리스 님, 그게 사실인가요? 어이, 카즈마. 이런 간편한 요리가 있으면 왜 가르쳐주지 않은 것이냐. 순식간에 만들 수 있다는 것만으로도 이 요리는 많은 이들에게 사랑받을 거다."

아마 너희 둘 말고는 다들 알 거야.

"간장과 소금 말고 고추기름을 밥에 뿌려도 맛있어."

그렇게 말하며 자신의 밥에 고추기름을 부은 아쿠아가 마치 고급스러운 요리라도 먹는 듯 단정한 자세로 먹자—.

"……아쿠아. 나는 네가 아무것도 모르는 인간이라고 생각했다. 사람은 겉모습만으로 알 수 없는 존재구나. 생각이 모자랐던 나를 용서해다오."

기품 있게 후리카케 비빔밥을 먹고 있던 다크니스가 아쿠아를 향해 고개를 숙였다.

"이 세상은 사람들이 모르는 걸로 가득 차 있어. 다크니스와 아이리스는 상류층 아가씨니까 더 그럴 거야. 다음에 컵 아이스크림의 뚜껑에 묻은 크림을 능숙하게 먹는 법을 비롯해서, 여러모로 도움이 되는 지식을 가르쳐줄게."

그런 지식을 가르쳐준 것만으로 높은 분들에게 혼날 것 같았다.

나는 과감하게 태클을 날리고 싶었지만 존경어린 눈빛으로 아쿠아를 쳐다보고 있는 아이리스와 다크니스의 기분을 상하게 하고 싶지 않았다.

내가 미묘한 표정으로 참치 마요네즈 비빔밥을 먹고 있을 때, 메구밍은 불평 한 마디 늘어놓지 않으며 그 요리를 맛나다는 듯 먹어치웠다.

왠지 내일 저녁 식사가 벌써부터 걱정되지만 모레가 되면 엘로드의 왕도에 도착한다.

걱정 안 해도 되겠지. 메구밍은 내일 하루만 요리할 거야.

그리고 이 녀석의 요리 실력은 나쁘지 않은 편이잖아.

그래. 괜찮을 거야―.

6

"아이리스, 그쪽으로 도망쳤어요! 잘 들어요! 손가락을 물리지 않도록 조심하세요!"

"알았어요! 이쪽은 저한테 맡겨주세요! 아, 바위틈에 랍스터가 또 있어요!"

내일이면 엘로드에 도착한다.

길을 따라 하염없이 달린 우리는 도중에 강을 발견한 메구밍의 제안으로 잠시 휴식을 취하기로 했다.

"메구밍. 이 랍스터는 꽤 작다만, 이걸 진짜로 먹을 것이냐? 이건 아직 어린애이지 않느냐. 앗, 아야야야야……."

허벅지 언저리까지 강에 들어간 다크니스가 손가락을 물렸는지 비명을 질렀다.

왠지 비명에 기쁨이 어려 있는 것만 같았다.

"그건 새끼 랍스터가 아니에요. 넓은 바다가 아니라 좁은 강에 살기 때문에 이것보다 커지지 않은 거죠. 아, 놓치지 않겠어요! 이걸로 네 마리째예요!"

강의 얕은 부분에서 돌을 뒤집던 메구밍이 그대로 몸을 날렸다.

그렇다.

"저기, 카즈마. 나, 할 말이 있는데……."

"아무 말도 하지 마. 저 녀석들이 잡고 있는 건 랍스터야. 왕녀님이 먹기에 걸맞은 고급 식재료인 랍스터라고. 알았지?"

우리는 현재 가재를 잡고 있었다.

메구밍이 홍마의 마을에서 자주 해먹던 요리라고 말했을

때 경계했어야 했다.

홍마의 마을에서 가난하게 살았던 메구밍이 고급 요리 같은 걸 해먹었을 리가 없었다.

"사람들의 왕래가 적은 곳이라 잔뜩 잡았네요! 오늘 저녁 식탁은 풍성할 것 같아요!"

"저는 식재료를 직접 잡아서 요리해보는 게 처음이에요! 이렇게 즐거운 요리도 있군요!"

"메, 메구밍! 이 녀석을 잡아다오! 이 녀석, 어느새 내 발가락을……!"

강에서 노는 일 자체가 적은지 온실 속 화초 두 사람은 즐겁게 가재를 잡고 있었다.

나는 그런 평화로운 광경을 보면서—

"모처럼 왕가 사람들이 냉장고 안에 다양한 식재료를 넣어났으니까, 나는 그쪽 식재료를 처리할게."

"혼자 도망치지 말라구. 네가 도망치면 우리 할당량이 늘어난단 말이야."

이윽고 해가 지고, 오늘의 숙소가 마련되었을 즈음—

"자, 아이리스. 잘 들어요. 제가 요리를 얼마나 잘하는지 똑똑히 보여주겠어요!"

"예! 잘 부탁드려요!"

하늘을 나는 기분인 메구밍이 대량의 가재를 보며 힘찬

목소리로 그렇게 말했다.

메구밍은 아이리스에게 멋진 모습을 보여주고 싶은지 평소보다 열의를 불태우고 있었다.

"원래는 하루 정도 물에 담가둬서 진흙을 빼야 하지만, 이 랍스터를 잡은 강은 매우 깨끗할 뿐만 아니라 진흙도 없었어요. 그러니 이대로 먹어도 되겠죠."

"그렇군요!"

메구밍은 왕녀님에게 가재를 요리하는 법을 가르치고 있었다.

왕도에 돌아간 아이리스가 가재를 잡는 법과 먹는 법을 배웠다는 소리를 하지 않도록 입막음을 해둬야겠다.

"자, 우선 가재…… 랍스터의 잡내를 제거하겠어요. 술에 담가두기만 하면 되니까…… 음…… 아, 이거면 되겠죠."

메구밍은 냉장고에 들어있던 술을 한 병 꺼내더니 그걸 커다란 그릇에 부었다.

저건 누구누구 씨가 엄청 아끼던 비싼 술 같은데…… 못 본 걸로 해야겠다.

"이대로 잠시 내버려두면 잡내가 사라지고 좋은 향이 배죠. 그럼 이 틈에 밑준비를……."

메구밍은 어린 여동생을 돌본 적이 있어서 그런지 척척 작업을 진행했다.

아이리스는 그런 메구밍을 존경어린 눈길로 쳐다보았다.

"아, 제가 전부 다 했네요. 준비는 이쯤하면 될 거예요. 그럼……."

아이리스에게 저런 눈길을 받아서 기분이 좋아진 메구밍은 혼자서 작업을 마치고 재빨리 요리에 착수했다.

가재 수프를 비롯해, 석쇠로 만든 소금구이, 그리고 매콤한 소스로 만든 칠리 가재.

뛰어난 요리 실력을 뽐낸 메구밍은 요리가 대충 끝나자 만족한 것처럼 한숨을 내쉬었다.

"요즘 들어 카즈마가 요리 당번을 계속 해왔잖아요. 때로는 제가 직접 만든 요리도 맛봐 주세요. 자, 아이리스. 요리를 옮기는 걸 도와줄래요?"

"아, 예! 넋을 놓고 쳐다보기만 했네요. 죄송해요……."

"그런가요. 리더의 멋진 모습을 넋 놓고 쳐다보는 건 어쩔 수 없는 일이죠! 자, 요리도 제가 옮길 테니 아이리스는 손을 씻고 오세요."

나는 물러터진 메구밍에게 질문을 던졌다.

"저기, 리더는 또 무슨 소리야?"

"……아무것도 아니에요."

"─맛있다. 갓 잡은 랍스터의 단맛이 육수에 배여서 이 수프에 깊이를 더하고 있구나. 게다가 아주 희미하게 남아있던 잡내도 석쇠로 굽는다고 하는 요리법과 절묘하게 조화를 이루어

먹는 이에게 거부감을 주지 않아. 그리고 최고는 바로 이……!"

다크니스는 요리 방송 내레이터 같은 소리를 하며 가재 요리를 맛있게 먹고 있었다.

미식가 같은 소리를 하면서 칭찬하고 있지만, 이건 랍스터가 아니라 아무데서나 잡히는 흔하디흔한 가재라는 사실을 가르쳐주고 싶었다.

아이리스 또한 자신이 잡은 식재료를 직접 요리하고 먹는다는 행위에서 신선미를 느꼈는지 맛있게 먹고 있었다.

메구밍은 식재료를 너무 많이 잡았다고 말하고 리자드 러너들에게도 자기가 만든 요리를 나눠주러 갔다.

……즉, 이걸 어떻게 할 기회는 바로 지금뿐인 것이다.

"저기, 카즈마. 나, 오늘은 왠지 개구리가 땡겨. 냉장고 안에 있던 개구리를 볶아서 먹을 테니까, 내 몫도 네가 먹어."

"돌아가신 내 할아버지는 논을 살피러 갔다가 가재 대군에게 공격을 받았어. 그 후로 갑각류를 먹지 않게 됐다고. 그러니 아쿠아한테 내 몫을 나눠줄게."

…………

"너, 신의 눈을 속일 수 있을 것 같아? 네가 트랙터한테 경작당할 뻔 했다가 병원에 옮겨졌을 때, 멀쩡한 네 할아버지가 병원에 뛰어왔다는 걸 나는 알아! 그리고 너는 얼마 전에 마블링 홍게를 먹었잖아!"

"너야말로 개구리가 땡기긴 뭐가 땡겨! 개구리한테 몇 번이나 잡아먹혀놓고 아무렇지 않게 개구리를 먹어대지 말라고!"

서로에게 자기 몫의 가재 요리를 떠넘기기 위해 드잡이를 하던 우리는 불현듯 등 뒤에 존재하는 기척을 느꼈다.

그쪽을 향해 고개를 돌려보니 리자드 러너에게 음식을 주고 온 메구밍이 눈에 들어왔다.

"어이, 우리 일족 비전의 요리에 불만이 있다면 어디 말해보실까."

"장난 좀 쳤을 뿐이야. 맛있게 잘 먹을게."

"그래. 너무 맛있을 것 같아서 흥분한 거야. 진짜 맛이 끝내줄 것 같네. 잘 먹겠습니다~."

나와 아쿠아는 각오를 다진 후 랍스터를 입에 넣었다.

뭐, 이건 가재가 아니라 랍스터다.

게다가 이쪽 세상에 온 다음부터는 개구리 같은 것도 먹었잖아. 가재 정도는 아무것도 아니라고.

게다가 원래 가재는 식용으로 수입—.

"어머, 꽤 괜찮은걸. 저기, 카즈마. 네 몫도 내놔. 이번 여행을 하면서 마시려고 비싼 술을 가지고 왔어. 안주 삼아 먹어줄게."

…………

가재를 맛있게 먹다가 냉장고에 술을 가지러 가는 아쿠아를 본 나는 주저 없이 음식을 입에 넣었다.

"……호오, 꽤 괜찮잖아. 껍질이 딱 적당하게 익어서 맛있네. 수프도 가재 내장이 녹아 나와서 정말 맛있는걸. 역시 비전의 요리다워. 가…… 랍스터 요리를 무시해서 미안해."

"비전의 요리라는 건 농담 삼아 말한 거지만, 맛있게 먹어 주니 기쁘네요."

……미안한 마음에 과하게 칭찬한 걸 후회하고 있을 때 부엌에서 아쿠아의 울음소리가 들려왔다.

7

그날 밤.

나는 베개가 익숙하지 않아서 그런지 좀처럼 잠이 오지 않았다.

폭주하는 리자드 러너가 끄는 용차를 하루 종일 타면서 긴장하는 바람에, 매일 금세 잠이 들었지만 사흘째라 그런지 몸도 익숙해진 걸까.

나는 침대에서 나온 후, 물을 마시기 위해 부엌으로 향했다.

"─『프리즈』."

암시능력 덕분에 불을 켜지 않고도 부엌에 도착한 나는 수도꼭지에서 나온 물을 받은 뒤 마법으로 식혔다.

그걸 단숨에 들이키며 한숨 돌렸을 즈음, 등 뒤에서 기척

이 느껴졌기에 고개를 돌렸다.

나와 마찬가지로 불을 켜지 않고 이곳에 오는 사람이라면, 일부러 챙겨왔던 술이 요리에 쓰이는 바람에 엉엉 울어댔던 아쿠아일 거라고 생각했지만—.

"거기 있는 사람은 오라버니인가요?"

아쿠아가 아니었다.

창밖에서 흘러들어오는 별빛에 의지해 어둠을 헤치며 부엌까지 온 사람은 바로 아이리스였다.

"응. 네 오라버니야. 왠지 잠이 안 와서 물을 마시러 왔어."

아이리스는 내 목소리를 듣더니 안도의 한숨을 내쉬었다.

"저기, 꽃을 따러 왔는데, 너무 어두워서요. 죄송하지만 방까지 데려다주시지 않겠어요?"

어둠 속에서 내 얼굴이 있는 위치를 지그시 쳐다보던 아이리스는 머뭇거리며 나를 향해 손을 내밀었다.

불을 켜면 될 거라 생각했지만 이 애는 어렸을 적부터 응석 한 번 부리지 않고 주위 사람들을 배려해왔다.

아마 불을 켰다가 다른 사람들이 깰까 싶어 이러는 것이리라.

"좋아. 나만 믿어. 이 오라버니가 방까지 데려다줄게. 혼자 자는 게 무서우면 내가 같이 자줄 수도—."

"그건 괜찮아요."

…………

—나는 작고 가냘픈 아이리스의 손을 잡은 채 어두운 복도를 앞장서서 걸었다.

　　다른 사람을 깨우지 않도록 배려하는 건지 아이리스는 발소리를 최대한 낮췄다.

　　다들 잠든 한밤중에 단둘이서 기척을 죽이고 걷고 있으니, 왠지 해선 안 되는 짓을 하는 것 같았다.

　　바로 그때 맞잡고 있던 손에 힘이 들어갔다.

　　아이리스 쪽을 쳐다보니 그녀도 나와 같은 마음이었는지 같이 음식을 훔쳐 먹었을 때처럼 장난기 어린 표정을 지은 채 즐겁게 웃고 있었다.

　　"이러고 있으니까 밤늦게 오라버니의 방에 놀러가서, 옛날 이야기를 들었을 때가 생각나네요."

　　"클레어에게 허락을 받지 않고 내 방에 놀러왔을 때 말이구나. 덕분에 나는 다음날에 클레어에게 엄청 혼났어. 내가 너를 끌고 온 것도 아닌데 말이야."

　　내가 왕도에 머물 때, 아이리스는 때때로 클레어 몰래 내 방에 놀러왔다.

　　그때마다 성 안이 뒤집어졌다. 어쩌면 내가 왕도에 출입하지 못하게 된 가장 큰 이유는 그런 일 때문일지도 모른다.

　　내가 그런 생각을 하고 있을 때 아이리스는 미소를 지으며 말했다.

"하지만 오라버니는 제가 놀러 올 때마다 귀찮아하지 않고 제 이야기를 들어주셨죠. ……저는 기억하고 있어요. 오라버니의 나라에 사는 선량한 솔로들에게 절망을 선물하기 위해 나타난다는 십자가를 짊어진 악마, 사탄클로스와 오라버니가 싸운 이야기 말이에요."

내 여동생은 똑똑하네.

반쯤 농담 삼아 대충 해준 이야기를 이렇게 정확하게 기억하다니 말이야.

"저는 기억하고 있어요. 한때 온라인게임 폐인의 신이라는 칭호를 지녔던 오라버니가 밤낮 가리지 않고 처절한 싸움을 벌였다는 이야기도요."

내 여동생은 솔직하네.

그런 백수의 이야기를 믿고 이렇게 존경어린 눈길을 보내주다니 말이야.

……왠지 엄청 미안한 기분이 들었다.

내가 아무 말도 하지 않자 아이리스는 착각을 한 건지 불안한 표정을 지으며 나에게 물었다.

"죄송해요. 제가 방금 한 말 때문에 고향 생각이 난 건가요?"

아닙니다.

제가 한 짓을 깊이 반성하고 있을 뿐입니다.

그런 소리를 할 수도 없어서 나는 아이리스를 향해 미소 지었다.

"아냐. 그 시절에는 매일같이 즐거웠다는 생각이 들어서 좀 그리워졌을 뿐이야."

암시 능력이 없는 아이리스에게는 보이지 않을 거라는 걸 알면서도 말이다.

하지만 어둠 속에서도 내가 웃고 있다는 걸 분위기로 눈치챈 아이리스가 약간 안도한 표정을 지었다.

"그럼 다행이에요. ……저기……."

어느새 아이리스의 방 앞에 도착한 우리는 맞잡고 있던 손을 놓았다.

아이리스는 자기 방의 문을 열고 나를 향해 고개를 돌리더니—

"부디, 이 나라에 오랫동안 계셔주세요. 오라버니가 계속 살고 싶다는 생각이 들도록, 저는 이 나라를 위해 최선을 다할게요."

마치 내가 갑자기 먼 곳에 가버리지는 않을까 걱정하듯 그런 말을 하며 쓸쓸한 미소를 지었다.

8

다음날 아침.

오늘 안으로 엘로드에 도착할 예정이라 아쿠아의 기분이 하늘을 찌르는 가운데, 어젯밤에 아이리스가 한 말이 신경 쓰인 나는 마부석 옆에 앉아서 다크니스에게 은근슬쩍 물었다.

"어이, 다크니스. 이번 여행은 약혼자인 망할 자식과 만나는 게 전부 아니었어? 얼굴 한 번 슬쩍 보여주고 돌아오면 되는 거지?"

다크니스는 어이없다는 눈길로 나를 쳐다보더니 다른 이들과 즐겁게 대화를 나누고 있는 아이리스를 힐끔 쳐다보며 입을 열었다.

"그냥 만나보기만 하고 끝날 리가 없지 않느냐. 그럴 거면 이렇게 몰래 갈 필요도 없거니와, 마왕군과의 싸움이 격해진 이런 시기에 갈 필요도 없다. 이번 방문은 단적으로 말하자면 지원요청이다."

지원요청.

"강한 모험가와 기사단을 보내달라는 소리를 하러 가는 거야?"

"아니, 이미 각국에서 병력은 지원해줬다. 우리나라는 마왕군과 국경이 접한 유일한 나라거든. 우리나라가 져서 방어라인이 뚫린다면 약해빠진 다른 나라들이 유린당한다. 그래서 주변 국가들은 정기적으로 정예들을 파견해주고 있지."

호오.

"하지만 지금 우리가 향하는 엘로드라는 국가는 카지노로 부흥한 나라답게 기사단이 약해빠졌다. 그래서 지원군 대신 자금으로 협력해주고 있는 거다. 이 나라는 방어 비용으로 상당한 자금을 보내주고 있다."

"그렇구나. 그런데 그것과 이번 일이 무슨 상관이 있는 거야?"

내가 그렇게 묻자 다크니스는 대답했다.

"요즘 들어 마왕군과의 전쟁이 격화됐다는 건 방금 말했지? 그렇게 된 것에는 이유가 있다. 바로 우리가 마왕군 간부를 너무 많이 해치워버린 게 원인이지."

……

"어, 간부가 당한 바람에 복수심을 불태우고 있는 거야?"

"아니다. 마왕군 녀석들은 안절부절 못하고 있다. 지금까지 그 누구도 쓰러뜨리지 못했던 간부들이 차례차례 당하고 있으니 그럴 만도 하지. 그래서 우리는 방어를 굳건하게 할 뿐만 아니라, 공세를 펼치기로 했다. 하지만 엘로드는 이제 와서 재정난이라며 공세를 펼칠 자금은 고사하고, 방어 비용 지원을 중단하고 싶다는 소리를 하고 있어. 그래서 지휘를 맡고 있는 폐하와 왕자님을 대신해, 왕족이신 아이리스 님께서 사신으로 엘로드에 가게 된 거다."

"……그렇구나."

나는 그제야 어젯밤 아이리스가 한 말의 의미를 이해했다.

전황이 불리해지면 내가 도망칠 거라고 생각하는 것이다. 나에 대해 잘 알고 있는걸…….

즉, 아이리스는 지원금을 뜯어내기 위해 약혼자를 유혹하러 가는 건가.

내 여동생은 이 세상에서 가장 귀여우니 아마 문제없이 해낼 수 있을 것이다.

"우리나라와 엘로드는 옛날부터 우호적인 관계를 유지해 왔다. 무투파이기는 하지만 장사에는 소질이 없는 우리나라와 자금 융통에는 능하지만 병력이 약한 엘로드는 상부상조하는 관계였지. 아무리 엘로드가 재정난이라고 해도 이번 방문은 한 나라의 운명이, 아니, 이 세상의 운명이 걸려 있다. 그러니 괜한 짓은 절대 하지 마라."

다크니스는 내 눈을 지그시 쳐다보며 그렇게 말했다.

"……알았어. 이 세상을 위한, 그리고 인류를 위한 일이라는 거네. 나도 마왕군과 싸우는 모험가야. 이런 상황에서 괜한 소리는 안 해. 억지를 부려봤자 통하지 않을 때가 있다는 것도 알아. 그러니까 너무 걱정하지 말라고."

나는 그렇게 말한 후 다크니스를 안심시키려고 미소 지었다.

그러자 다크니스는 미심쩍다는 듯 나를 쳐다보았다.

"어이, 왜 그런 눈빛으로 쳐다보는 건데? 나를 의심하는 거야?"

"네 입에서 이 세상을 위한 일이니, 인류를 위한 일이니 같은 말이 나온 게 믿기지 않아서 말이다. ……뭐, 좋다. 엘로드에 도착하면 우선 푹 쉬자. 도착하자마자 회견을 가질수도 없을 테니까. 우선 하루 정도 푹 쉰 다음, 본격적으로행동을 시작하자."

다크니스는 그렇게 말하더니 나를 안심시키려는 것처럼미소를—.

…………아, 그래.

그러고 보니 출발하기 전에 나한테 수면제를 먹이겠다는이야기를 레인과 나눴었지.

"아! 카즈마, 카즈마! 저기 좀 보세요! 엘로드가 보이기 시작했어요!"

"아하하하하하! 전부터 가보고 싶었던 카지노 대국 엘로드가 바로 저기구나!"

내 후방좌석에서 목소리가 들려왔다.

나와 다크니스는 다른 이들의 목소리를 들으면서 서로를향해 수상쩍은 미소를 지었다.

제3장 이 괘씸한 약혼자에게 제재를!

1

다른 나라는 이 나라를 이렇게 부른다.

카지노 대국 엘로드.

옆 나라 엘로드의 왕도에 도착한 우리는 수많은 인파에 압도당했다.

"저기, 카즈마. 액셀 마을에서 축제가 벌어졌을 때와 버금 갈 만큼 사람들이 많아! 이 많은 사람들이 대체 어디에서 온 걸까?!"

대로라서 걸음걸이 속도로 용차를 몰고 있을 때 수많은 사람들을 보고 흥분한 아쿠아가 마부석으로 이동하더니 큰 소리로 떠들어대며 주위를 둘러보고 있었다. 그리고 통행인 들은 그런 아쿠아를 쳐다보고 웃음을 흘리고 있었다.

"어이, 아쿠아. 우리는 지금 비밀리에 여행을 하고 있으니 까 눈에 띄는 짓 좀 하지 마. 우리가 뭘 하러 여기까지 온 건지 잊지 말라고."

내가 그렇게 말했지만 아쿠아 길가에 있는 노점상을 흥미

에 찬 눈길로 쳐다보고 있었다.

나는 그런 아쿠아의 심정을 이해할 수 있었다.

이곳은 일본 시부야의 스크램블 교차로에 버금갈 만큼 많은 사람들로 붐비고 있었다.

이 세계의 인구는 지구에 비해 꽤 적은 편이다.

그런데도 이렇게 많은 사람들로 붐비는 걸 보면—.

"이건 왕도가 활기찬 것처럼 보이게 하기 위한 광고 전략이군. 방금 저기 있는 모퉁이를 돈 사람 봤지? 저 녀석, 분명 다시 이쪽으로 돌아올 거야. 즉, 사기인 거지. 이 녀석들은 아마 돈을 받고 이곳을 아무 이유 없이 돌아다니고 있을 뿐이야."

"카즈마 씨는 역시 관찰력이 괜찮네. 나도 좀 이상하다는 생각이 들었어. 이래선 우리가 거점으로 삼고 있는 액셀이 촌구석 같잖아."

나와 아쿠아가 소곤소곤 그런 이야기를 나누고 있을 때 다크니스가 볼을 살짝 붉히며 입을 열었다.

"둘 다 바보 같은 소리 하지 말고 얌전히 있어라. 촌놈 취급을 당하는 건 너희도 싫지 않느냐."

다크니스에게 촌놈 취급을 당하기는 했지만 그것도 어쩔 수 없다.

길가에 있는 노점상에는 처음 보는 식재료가 줄지어 놓여 있었고 장사꾼들이 목청껏 고함을 지르고 있었다.

숙소는 미리 확보해둔 건지 다크니스가 모는 용차는 대로에 인접한 거대한 건물 앞에 멈춰 섰다.

"자, 여기가 우리가 묵을 숙소다. 다들 자기 방에 가서 짐을 두고 와라. 아이리스 님과 이 나라의 왕자는 내일 만날 예정이다. 그러니 오늘은 느긋하게 관광이라도 하며 여행의 피로를 풀도록 하자."

다크니스는 숙소 종업원에게 용차를 맡긴 후 그렇게 말했다.

우리는 흥분을 감추지 못했지만 아이리스는 고개를 저으며 입을 열었다.

"저는 내일 회담에 맞춰 준비를 할까 해요. ……솔직히 말해, 약혼자인 왕자와 처음 만나는 거라 다소 긴장한 것 같아요. 저는 숙소에서 쉬고 있을 테니 여러분은 관광을 하고 오세요."

아이리스는 그렇게 말하고 자신의 짐을 들었다.

"아이리스 님께서도 이곳에 오는 걸 고대하셨지 않습니까. 저희는 호위입니다. 아이리스 님을 내버려두고 관광이나 할 수는……."

"아, 안 돼요! 여러분은 여독을 풀고 오세요. 기왕 카지노 대국에 왔잖아요. 여러분이 저 때문에 숙소에 틀어박혀 있어서야 저도 마음 편히 쉴 수 없어요!"

아이리스는 주위 사람들을 배려하는 타입이다. 우리가 자기 때문에 이곳에 남는다면 마음 놓고 휴식을 취하지 못할 것이다.

"어이, 다크니스. 아이리스도 이렇게 말하잖아. 우리라도 관광을 하고 오자."

"으……. 아, 알았다……."

다크니스는 아직 납득하지 않은 것 같지만, 싱글벙글 웃으면서도 눈에 강한 결의를 담고 있는 아이리스에게 반쯤 압도당하여 고개를 끄덕였다.

우리는 각자의 방에 짐을 가져다둔 후—.

"좋아! 우선 카지노에 가자! 거기서 대박을 터뜨린 다음, 그 돈으로 맛난 걸 먹으러 다니는 거야! 여기라면 엄청 비싼 술을 파는 데도 있을 거야!"

"아뇨! 이 마을의 무기 가게에 먼저 가죠! 저한테 걸맞은 엄청 강력한 지팡이도 팔고 있을 게 분명해요!"

……바로 마을을 돌아다니기 시작했다.

"으음, 아이리스 님을 혼자 계시게 해도 괜찮을까……."

다크니스는 뭔가 마음에 걸리는 듯한 반응을 보였다.

아이리스는 이번 만남에 꽤 부담을 느끼고 있는 것 같았다.

어쩌면 그녀는 내일에 대비해 혼자서 연습을 하고 있을지도 모른다.

괜히 신경을 써주다간 역효과만 발생할 것 같으니 나중에 선물이라도 사서 돌아가자.

그건 그렇고―.

"너희는 여전히 의견 통일이라는 걸 모르는구나. 모처럼 이런 곳에 왔으니까 우선 관광 명소부터 둘러봐야지. 홍마의 마을에는 다양한 볼거리가 있었으니까, 여기에도……."

당연히 진귀한 볼거리가 있을 거라고.

―내가 그렇게 말하려고 한 순간이었다.

"어? 꽤 예쁜 모험가들이네. 저기, 금발 미인 누님. 그렇게 시원찮은 남자는 내버려두고 우리와 이 마을을 둘러보지 않을래?"

"우와, 엄청난 미인이네! 저 푸른 머리카락의 누님은 완전 내 취향이야!"

"나는 저 검은 머리에 눈이 빨간 미소녀가 마음에 들어……."

경박해 보이는 분위기를 지닌 젊은 남자 셋이 우리에게 말을 걸었다.

보아하니 나보다 한두 살 많아 보였다.

도회지 특유의 화려한 복장을 한 그들은 히죽거리며 우리를 쳐다보고 있었다.

체격은 꽤 가냘팠다. 왠지 도회지에 놀러온 부잣집 도련님 같아 보였다.

내 동료들은 그 세 남자의 말을 듣더니―.

““”?”””

세 사람 다 어리둥절한 표정으로 주위를 둘러보면서 저들이 언급한 특징에 들어맞는 여자들을 찾기 시작했다.

……이윽고, 그 여자들이 바로 자신들이라는 사실을 눈치챈 것 같았다.

““”?!”””

내 동행인 그녀들은 갑자기 허둥대기 시작했다.

다크니스는 흐트러진 머리카락을 손으로 다듬었고 메구밍은 로브에 묻은 먼지를 손으로 털었다.

그리고 아쿠아는 그 세 사람을 향해 말했다.

“저기, 너희가 방금 우리 보고 미인이라고 말했어? 예쁘다고 말했어? 저기, 한 번만 더 말해봐!”

………….

액셀 마을에는 이 녀석들을 헌팅할 만큼 취향이 독특한 녀석이 없지.

때로는 외모만이라도 칭찬해주는 편이 좋으려나…….

미녀 취급을 받고 당황한 세 사람을 보며 내 눈시울이 뜨거워지고 있을 때—

“어. ……아, 미인 누님, 이라고……. 같이 마을을 돌아보자는 소리를 하긴 했는데…….”

아쿠아의 반응을 보고 당황한 세 사람 중 한 명이 그렇게 말했다.

그 말을 들은 아쿠아와 메구밍, 다크니스는 동그랗게 둘러서서 머리를 맞댔다.

그리고 낮은 목소리로 소곤거리기 시작했다.

이윽고 메구밍이 세 사람을 대표하듯 앞으로 나섰다.

"즉, 당신들은 초절정 미소녀인 저희와 데이트를 하기 위해서라면 돈도, 목숨도 아깝지 않다는 거죠? 그러니 같이 데이트를 해달라고 저희에게 요청한 거죠?"

"""그런 뜻으로 한 말은 아니에요."""

세 남자는 즉시 부정했다.

············!

나는 눈치챘다.

눈치채고 말았다.

이곳은 상업대국의 왕도이자, 카지노의 나라다.

나는 이 나라 곳곳을 둘러보고 싶고 기분전환도 하고 싶다.

하지만 이 세 문제아와 같이 행동하다간 어떻게 될까?

생각해라. 생각해보란 말이다, 사토 카즈마. 이 녀석들이 사고를 치지 않을 리가 없다.

그리고 그 불똥은 분명 나한테 튈 것이다.

하지만 문제가 일어났을 때 그 자리에 나 대신 저 세 남자가 있다면 어떻게 될까?

············.

"어이······. 혹시 이상한 애들한테 말을 건 거 아냐?"

"으음……. 이거 좀 위험한 상황 아냐? 모처럼 관광을 하러 왔다고 너무 생각 없이 행동했나?"

"하, 하지만, 머리가 좀 이상하더라도 저 정도 미인은 흔치 않잖아."

세 남자가 그런 소리를 하며 상의하고 있을 때 완전히 무시당하고 있던 내가 아쿠아 일행에게 다가갔다.

으스대고 있는 그녀들의 얼굴을 보니 약간 짜증이 치솟았다.

"저기, 카즈마. 어떻게 할까? 난처하게 됐네~. 우리 보고 미인이라면서 같이 데이트를 하고 싶다잖아. 저 세 사람한테 시원찮은 남자 소리를 들은 카즈마는 항상 우리와 같이 다니느라 익숙해진 걸지도 몰라. 뭐, 우리 같은 미인과 파티를 짜는 게 얼마나 영광스러운 일인지 이해하는 편이 좋을걸? 안 그러면 소중한 우리가 저 남자들을 확 따라가 버릴지도 몰라."

"그렇게 해."

"""어?"""

내가 그렇게 말하자 아쿠아 일행뿐만 아니라 세 남자들의 시간 또한 정지됐다.

"……저기, 카, 카즈마? 방금, 뭐라고……."

아쿠아는 불안 섞인 목소리로 나에게 말을 걸었다.

이 녀석들은 고레벨 모험가다.

저런 일반인 형씨들에게 당할 것 같지도 않고 이 녀석들이 누구와 데이트를 하건 나는 뭐라 할 입장이 아니다.

솔직히 말해 오늘 하루 동안 이 녀석들은 저 세 사람에게 떠넘기기로 작정한 나는 안절부절 못하면서 이렇게 말했다.

"그렇게 하라고 말했어. 나는 너희 엄마가 아니니까, 보모 역할 좀 때려치우고 마음껏 기분전환을 하고 싶어. 때로는 이런 생각을 해도 벌 받지 않을 거야."

""""엥?""""

내 말이 뜻밖이었는지 아쿠아 일행은 괴상한 소리를 냈다.

"……어이, 저 남자가 방금 보모 역할이라고 말했지?"

남자들 중 한 명이 그 말을 듣고 낮은 목소리로 그렇게 말했다.

바로 그때 메구밍이 당황한 어조로 말을 늘어놓았다.

"카, 카즈마, 갑자기 무슨 소리를 하는 거예요?! 잘 들어요! 제가……, 아니, 저희가 이 사람들과 놀러가도 정말 괜찮나요? 질투심이 치솟거나, 가슴속에 응어리 같은 게……."

"눈곱만큼도 안 생겨."

"이 남자, 딱 잘라 말했어요!"

메구밍은 충격을 받은 것 같았다. 우리는 얼마 전에 꽤 좋은 분위기가 된 적이 있지만 아직 사귀는 건 아니다.

그러니 내가 아이리스를 챙긴다고 한 소리 들을 이유는 없다.

다크니스는 딱딱하게 굳어버린 메구밍의 어깨에 손을 얹

으며 이렇게 말했다.

"진정해라, 메구밍. 이 남자가 솔직하지 못하다는 건 너도 알지 않느냐. 후후, 이건 츤데레라는 게 틀림없다."

그리고 다크니스는 나를 쳐다보더니 마치 밀당이라도 하는 것처럼 미소를 지었다.

"카즈마. 이럴 때는 솔직해 지는 게 어떻느냐? 이렇게 헌팅을 당할 만큼 미인인 우리와 함께 이 마을을 돌아다닐 기회이지 않느냐. 뭣하면 내가 팔짱이라도 껴줄까? 시, 실수로 가슴이 네 팔에 닿을지도……."

"사양할게. 너는 근육질이니까 가슴도 딱딱할 것 같거든."

"뭐어?!"

남자들은 엄청 충격을 받은 다크니스를 쳐다보며 소곤거렸다.

"어이, 어떻게 생각해? 저 남자, 완전 저질인 것 같아. 그리고 왠지 불길한 예감이 들어."

"관두자. 모처럼 관광을 왔는데, 골 때리는 일에 휘말리는 건 좀……."

"그, 그래. 긁어 부스럼 만들 필요는 없으니까…… 그냥 관두자……. 미인이지만, 좀 아쉽네……. 저, 저기! 우리는 볼일이 있어서 이만……."

세 남자가 그런 소리를 늘어놓으며 도망치려 하길래 나는 그들을 움켜잡았다.

"내 동료들과 데이트하고 싶다면서?"

나는 그렇게 말했고 그들 중 한 명이 질린 듯한 표정을 지으면서 내 손을 떨쳐내려—.

—했지만, 그럴 수 없었다.

"어? 앗……, 아, 아야야얏……! 자, 잘못했습니다! 죄송해요! 당신의 동료를 헌팅하려고 해서 정말 미안하다고요! 시, 시원찮은 남자라고 말해서 미안해요! 우, 우리는 이제 그만 가볼 테니까……!"

나도 레벨이 꽤 높은 모험가다.

그만큼 스테이터스도 상승했다. 그러니 일반인에게 힘으로 질 리가 없다.

"아냐, 괜찮아. 진짜로 괜찮다고. 내 동료들은 하나같이 미인이거든. 응. 너희의 마음을 이해해. 암, 이해하고말고."

"그, 그런가요……."

나를 수상쩍다는 듯 쳐다보고 있는 그 남자들은 마음속의 불안을 숨기지 못했다.

나는 그런 그들을 향해 낮은 목소리로 말했다.

"저 갑옷 입은 금발 누님 말인데, 갑옷을 벗기면 정말 끝내줘. 특히 허리 쪽이 완전 최고지!"

세 사람은 내 말을 듣고 마른 침을 삼켰다.

나는 그런 그들을 향해 말을 이었다.

"저기 있는 푸른 머리카락의 누님은 술을 좋아해. 술을 사준다고 하면 엄청 기뻐할걸?"

세 사람은 내 말을 듣고 서로를 쳐다보았다.

"저기 있는 검은 머리 애는……. 고양이를 기르니까, 아마 귀여운 걸 좋아할 거야. 귀여운 생물이 있는 곳에 데려가주면 기뻐할지도 몰라."

세 사람은 내 말을 듣고 서로를 쳐다보며 고개를 끄덕였다.

"""그, 그럼 호의를 감사히 받아들이겠습니다……."""

나는 마음이 바뀐 그 세 남자를 놔준 후 아쿠아 일행을 향해 손을 들면서 말했다.

"그럼 나중에 봐. 너희도 오늘은 기분 전환 좀 해. 오늘은 너희 마음대로 해도 된다고. 대신 내일부터 나한테 폐를 끼치지는 마."

"""어."""

세 남자는 내 말을 듣더니 불안한 목소리로 그렇게 말했다.

아쿠아는 그 세 사람을 쳐다보면서 말했다.

"진짜로 그래도 돼? 나는 돈이 얼마 없으니까 저 녀석들을 뜯어먹을 거야. 이 아쿠아 님은 싸구려 술은 안 마신다구."

세 사람 중 한 명이 그 말을 듣더니 자신의 가슴을 두드리며 입을 열었다.

"나, 나만 믿어! 우리는 부모님이 상류층이라 돈이 많거든. 뭣하면 이 마을 안에서 드는 모든 비용은 내가 부담해주겠어!"

말했네.

나는 그 말을 들은 후—.

"그럼 너희도 즐거운 시간을 보내. 나도 따로 기분 전환 좀 하고 올게. 그리고 너희 셋. 내 동료들 때문에 발생한 일에 대한 책임을 꼭 지라고. 부탁한다."

……동료들을 향해 그렇게 말하며 뒤돌아섰다.

"너, 너라는 남자는 항상 내 예상을 벗어나는 구나……. 허세를 부리는 게 아니라 진심으로 이런 소리를 하는 점이 정말 나를 흥분되게 한다. 밀당이지? 단순히 밀당을 하는 것이지? ……어이, 미리 말해두겠다만 우리에게 이상한 짓을 하지 않는 편이 좋을 거다. 풋내기의 마을 액셀에서 귀축으로 널리 알려진 저 남자가 너희에게 무슨 짓을 할지 모르니까 말이다."

"""어?"""

바로 그때 다크니스가 무례하기 그지없는 소리를 했다.

"맞아요. 이렇게 아무렇지도 않게 연약한 미소녀들을 두고 가는 저 태도만 봐도 어떤 인간인지 상상이 되죠? 저희에게 제대로 대접하지 않았다간 나중에 저 남자가 송곳니를 드러낼 거예요. 저래 봬도 경비가 엄중한 귀족의 저택에 간단히 침입할 수 있고, 먼 곳에서 표적을 저격할 수 있는 능력도 지녔죠. 적으로 돌렸다간 한시도 마음을 놓을 수 없을 거예요."

““"윽!"””

어이, 그만해.

"저기, 두 사람 다 그런 소리 하지 마! 카즈마는 그렇게 나쁜 사람이 아냐! 높으신 분의 저택을 박살내서 국가반역죄 혐의를 받기도 했고, 왕도 출입이 금지되는 등의 문제를 일으킨 사람이기는 해도……."

어이, 아쿠아. 좀 더 힘을 내봐.

좀 제대로 된 변호를 하란 말이다!

““"…………."””

세 남자가 침묵에 잠기자 나는 머뭇거리며 그들을 향해 돌아섰다.

"……저기, 역시 그냥 사양할래요. 얽히고 싶지 않……, 아 아아앗?! 도망쳤어?!"

그리고 남자들 중 한 명이 말을 끝까지 잇기도 전에—.

““"갔어! 저 남자, 진짜로 우리를 두고 가버렸어!"””

나는 뭐라고 외쳐대는 아쿠아 일행을 내버려둔 채 마을을 향해 내달렸다!

2

이곳은 내가 이세계에 와서 처음으로 방문한 외국이고, 내가 지금까지 가본 마을이 전부 시골이라는 생각이 들 만큼 번화한 도시였다.

그런 엘로드의 왕도에 온 나는—.

"끝이다! 이야압!"

"말도 안 돼애애애애애애앳!"

""""오오오오오오오오오오오오오오옷!""""

카드게임 대회에서 연승을 하고 있었다.

"저 녀석, 대체 누구야?"

"처음 보는 사람이지만, 저런 실력자가 무명일 리 없어!"

연승 중인 나를 지켜보고 있던 관객들이 술렁거리기 시작
했다.

"압도적으로 밀어붙이는 저 격렬한 공세……. 요즘 소문이
자자한 『검은 카타리나』와 특징이 비슷하지 않아?"

"뭐?! 그 전설의……?! 하지만 『검은 카타리나』는 여자라
고 들었는데……."

검은 카타리나는 대체 누구야?

"잠깐만, 저 남자가 트랩카드를 쓰는 방식을 봐. 어쩌면
저 자는 『모략의 클로드』일지도 몰라……."

"맞아. 저렇게 악랄하게 트랩카드를 사용할 사람은 『모략
의 클로드』뿐이야……."

모략의 클로드는 대체 누구냐고…….

이 세계에서는 유명한 모험가에게 별명을 붙여준다.

어쩌면 유명한 게이머에게도 별명을 붙여주는 걸까?

나도 원래 있던 세계에서는 인터넷 게임 동료들에게 다양한 호칭으로 불렸다.

레어 운빨만 좋은 카즈마 씨라든가, 하이에나 마스터 카즈마 씨 같은 불명예스러운 호칭이었지만……

내가 그런 생각에 빠져 있을 때 한 여자가 내 앞에 나타났다.

"당신이 내 대전 상대야? 후훗, 못 보던 얼굴이네. 카드 운은 좋은 것 같지만, 이 게임은 운만으로 이길 수 없어. 중요한 건 머리싸움이지. 운만으로는 중급자까진 이길 수 있어도, 나처럼 별명을 가진 실력자 상대로는 맞서보지도 못하고 깨질 거야."

별명을 가진 걸 자랑하는 게 부끄럽지 않냐, 같은 태클은 날리지 않았다.

왜냐면 지금의 나는 한 사람의 게이머로서 오랜만에 불타오르고 있었기 때문이다.

"당신의 연승을 이쯤에서 끊어주겠어. 바로 나, 『철벽의 마리네스』가 말이야."

철벽의 마리네스.

나보다 연상으로 보이는 그 누님은 전혀 부끄러워하지 않으며 그런 소리를 하더니, 자신만만한 미소를 짓고 카드를 뽑았다—!

─눈에 들어오는 게 하나같이 신기했기에 이곳저곳을 기

웃거리고 다니던 나는, 때때로 환호성이 들려오는 이 건물에 흥미가 생겨 안에 들어가 봤다.

그리고 한동안 관객으로서 구경을 하다, 이 장소에서 사람들이 하고 있는 카드게임이 내가 잘 아는 유명한 게임과 비슷하다는 사실을 알고 참가를 결심했다.

아마 이 세상에 온 일본인이 저 게임을 퍼뜨린 것이리라.

나는 게이머의 기본 소양이나 다름없는 이 게임을 해본 적이 있다. 그리고 기본적인 카드가 다 들어있는 스탠더드팩뿐만 아니라 강력한 레어카드가 들어있는 프리미어팩도 비싼 돈을 들여 구입했다.

일본에서 금지되어 있는 유명한 극악 덱을 맞춘 나는—.

"내 턴! 내 턴! 계속계속 내 턴!!"

"악마다! 이 녀석, 대체 뭐야?! 악랄한 콤보를 연이어 써 대잖아!"

"오버킬에도 정도라는 게 있어! 왜 이렇게까지 하는 거야?! 이미 승부는 났잖아!"

"어이, 철벽의 마리네스가 울음을 터뜨렸어! 누가 좀 말려!"

관중들의 이런 말을 들으며 오랜만에 게임을 만끽하고 있었다.

"이제 그만 끝내주세요. 저 따위가 건방진 소리를 해서 죄송해요."

아무것도 못해본 채 진 나의 대전 상대는 울먹거리면서 나에게 사과했다.

"멋진 승부였어. 다음에 또 붙자."

"절대 안 할 거예요. 이제 좀 봐달라고요."

나는 대전 상대와 악수를 나누기 위해 손을 내밀었지만 그 누님은 내 손 위에 돈을 슬며시 올려두었다.

그렇다. 이곳은 카지노 대국 엘로드.

이 누님을 박살내고 더욱 기분이 좋아진 내가 큰 목소리로 이렇게 외쳤다.

"나와 싸울 사람!"

그로부터 몇 시간이 지난 후—

그 후에도 연승을 거둔 나는 희희낙락하며 그 건물에서 나와 다른 장소로 향했다.

딱히 목적지는 없지만 처음 와본 마을을 탐색하니 가슴이 두근거렸다.

지갑이 두둑해진 덕분에 기분이 좋아진 나는 배가 좀 고파져서 주위를 둘러보았는데—

"꺄아~! 누가 좀 도와줘요오오오! 모래찜질 시설에서 미라처럼 변한 사람이 나왔어요! 회복마법을 쓸 수 있는 분은 없나요?!"

파스타 요리점을 발견하고 거기서 점심을 먹기로 했다.

"어서 오십시오. 한 분이십니까? 그럼 카운터 자리로 안내하겠습니다~."

나는 웨이트리스가 안내해준 카운터 자리에 앉은 후 음식을 대충 주문했다.

주문한 요리가 나오기만 기다리면서 가게 안을 둘러보고 있을 때, 근처 테이블석에 앉은 남자들의 목소리가 들렸다—.

"이야, 오늘도 왕창 벌었어! 엘로드 만세라니깐!"

"맞아. 이렇게 경기가 좋으면 뭘 하든 다 잘 될 거야. 국왕 폐하께서 오랫동안 다른 나라에 가게 됐다는 이야기를 들었을 때는 걱정했지만, 그 왕자도 꽤 하는걸."

"맞아. 항상 바보 왕자라는 소리만 들었으면서 말이야."

······응?

이 나라는 재정난이라고 들었는데 경기가 좋다는 게 대체 무슨 소리지?

게다가 바보 왕자라는 말도 신경이 쓰이는걸.

"하지만 이렇게 경기가 좋은 건 전부 재상님이 이 나라를 이끌고 있기 때문이래. 그 바보 왕자도 정치에 관여할 결정권이 있지만, 아무것도 안하며 놀아재끼고만 있다고 들었어."

"그럼 엘로드 만세가 아니라, 재상님 만세인 거네!"

"""그래, 재상님! 만세~!"""

⋯⋯진짜 영문을 모르겠다.

듣자하니, 이 나라의 정치를 주도하고 있는 건 재상인가?

그렇다면 그 재상님이라는 자가 지원을 중단했다는 건가?

그리고 이 나라에는 현재 국왕이 없구나.

아이리스와 비슷한 또래의 왕자라던데, 이 세계의 왕족은 그 정도 나이에 정치에 관여하는 게 당연한 걸까.

내가 아이리스 같은 나이일 때는 밤새도록 게임만 하다 부모님에게 혼났는데—

가게를 나선 나는 숙소에 홀로 있을 아이리스에게 줄 선물을 사서 가기로 했다.

하지만 아이리스가 어떤 걸 좋아할지 생각이 나지 않았다.

뭘 주더라도 기뻐할 것 같지만 그래도 한 나라의 왕녀님에게 싸구려를 선물하는 것은⋯⋯.

"어이, 마셀랭에 엄청난 실력을 지닌 마술사가 왔대!"

"마셀랭? 마셀랭이라면 엄청 비싼 가게 맞지? 마술사가 함부로 들어갈 수 있는 가게가 아닐 텐데?"

"아무튼 보러 가자! 그 가게에 있는 고급 장식품을 아낌없이 쓰면서 마술을 보여주고 있다더라고!"

그런 소리를 하며 조그마한 가게에서 나오는 남자들을 본 나는 문득 그 가게의 간판을 쳐다보았다.

그곳은 액세서리를 취급하는 가게였다. 나는 아이리스에게 줄 선물이 없나 싶어 그 가게에 들어가 봤다.

"어서 오세요."

가게 안에는 퉁명한 가게 주인이 혼자 있었다.

그 주인은 카운터 앞에서 신문을 읽으며 나에게 전혀 눈길을 주지 않았다.

가게 안을 둘러보니 수제 여성용 목걸이와 남성용으로 보이는 팔찌 등, 다양한 장신구가 있었다.

카운터 쪽을 문득 봤는데 유리 케이스 안에 들어 있는 값비싼 액세서리가 놓여 있었다.

여기서 적당히 골라볼까.

아이리스에게 어울릴 만한 게 없나 살펴보고 있을 때—.

"우왓?! 뭐, 뭐야?! 지진이라도 났나?!"

가게 안이 흔들린 순간, 가게 주인의 목소리와 함께 한참 떨어진 곳에서 들려온 폭음을 한 귀로 흘려버린 나는 문득 이런 생각이 들었다.

나는 왕성에 침입했을 때 아이리스의 반지를 훔쳤다.

그 반지는 지금도 소중히 간직하고 있지만 피치 못할 이유가 있어서 돌려줄 수 없었다.

그래, 반지야!

반지를 훔쳤던 내가 이런 소리를 하는 것은 좀 그렇지만,

솔직히 마음에 걸렸다.

다른 반지라도 하나 선물해야 마음이 편해질 것 같았다.

그래! 아이리스에게 반지를 선물하는 거야!

기왕이면 비싼 반지를 선물할까 싶어 유리 케이스 안을 살펴보니 거기에는 반지가 없었다.

"아저씨, 반지는 취급하지 않는 거야? 비싼 반지를 찾고 있는데."

"반지? 우리는 고급품을 취급하지 않아. 반지라고는 저쪽에 놓여 있는 애들용 장난감 반지뿐이야."

땅이 흔들린 바람에 깜짝 놀랐던 가게 주인이 가게 구석을 손가락으로 가리켰다.

거기에는 개당 수백 에리스 정도 하는 반지가 놓여 있었다.

왕녀님에게 이런 걸 선물해도 괜찮을까.

하지만 처음 와본 이 마을의 어디에 고급 액세서리 가게가 있는지 나는 모른다. 어떻게 하면 좋을까.

아, 맞다.

일단 이걸 산 다음, 적당한 걸 찾지 못하면 이걸 선물하자.

"아저씨, 이 반지를 살게!"

나는 구입한 반지를 품속에 넣은 후 그 가게를 나섰다.

"아, 돌아왔군요. 관광은 즐겁게 하셨나요?"

저녁때가 되자 나는 낮에 동료들과 헤어졌던 장소로 향했다.

그곳에 도착해보니 내 동료들은 이미 와있었다.

지면에 주저앉아있던 아쿠아는 삐친 것처럼 고개를 휙 돌렸고 얼굴이 뽀송뽀송해진 다크니스는 만족스러운 표정을 짓고 있었다.

그리고 메구밍은 다크니스에게 업힌 채 개운한 표정을 짓고 있었다.

그런 세 사람을 에스코트하기로 했던 남자들은 어떠냐 하면—.

우선 한 명이 부족했다.

그리고 이 자리에 있는 두 명 중 한 명은 숯검정이 됐으며, 다른 한 명은 트라우마라도 생긴 것처럼 무릎을 꼭 끌어안은 채 중얼대고 있었다.

무슨 일이 있었는지 물어보고 싶지 않은걸…….

메구밍은 내 얼굴만 보고 내가 무슨 생각을 하고 있는지 눈치챈 것 같았다.

"카즈마. 듣기 싫겠지만 일단 제 이야기 좀 들어줄래요?"

"……말해 봐."

어쩔 수 없지…….

나는 기분이 좋아 보이는 다크니스를 쳐다보았다.

"……으음, 일단 이 자리에 없는 사람이 저희가 막 이곳에 도착했다는 말을 듣더니, 여행의 피로를 풀 겸 고급 보양 시설에 가자고 했어요."

호오.

"그리고 그 보양 시설이라는 곳에서는 내가 좋아하는 모래찜질을 할 수 있더구나. 모래찜질이라는 건 YUKATA라는 옷을 입고 땅에 누운 후, 뜨거운 모래를 몸에 끼얹어서 묻힌다고 하는 멋진 찜질법인데……. 그 남자가 무슨 생각인지 나를 따라오더구나. 그리고 「좋아. 다크니스보다 오랫동안 모래찜질을 해서 내가 얼마나 근성 있고 멋진 녀석인지 가르쳐주겠어~」 같은 소리를 하기에, 나도 최선을 다했는데……."

"어느새 그 사람은 빈사 상태에 빠지고 말았대요. 그 사실을 눈치챈 종업원 분이 병원으로 옮겼죠."

……아하, 그래서 한 명 부족한 거구나.

나는 이제 무릎을 꼭 끌어안고 있는 남자를 쳐다보았다.

그러자 메구밍은 거북한 표정을 지으며 고개를 돌렸다.

"……저기, 말이죠. 저 분이 저희를 멋진 장소로 안내해주겠다고 했어요. 그곳은 바로 마을에서 조금 떨어진 강이었죠. ……그리고 「저기 좀 봐. 이 도시의 유명한 관광명소인 파오리 양식장이야. 귀엽지?」 같은 소리를 하며 파오리 떼를 자랑하듯 보여주는 거예요. 카즈마도 알다시피, 파오리는 많은 경험치를 주는 몬스터예요. 그런 걸 보면 폭렬마법으로 쓸어버릴 수밖에 없잖아요. ……그랬더니 저 사람은 쇼크를 받았는지 저런 상태가…….”

파오리 떼를 보여줬는데 그 파오리들이 자기 눈앞에서 몰살당한 건가.

나는 여전히 덜덜 떨고 있는 남자에게서 눈을 뗀 후, 자신은 아무 잘못도 하지 않았다는 표정의 아쿠아를 쳐다보았다.

왠지 이 녀석이 가장 큰 사고를 쳤을 것 같은데…….

“저기, 아쿠아는 말이죠…….”

메구밍은 말끝을 흐렸고 지금까지 기력이 바닥난 것처럼 꼼짝도 하지 않던 남자가 갑자기 벌떡 일어섰다.

“이 누님은 이 마을에서 가장 비싼 가게의 술을 배터지게 마시고 취하더니, 「나의 엄청난 개인기를 보여줄게!」라고 말하면서 그 가게의 비싼 장식품을 멋대로 이용해 마술을 선보였어. 확실히 엄청나기는 했지. 진짜 엄청났어. 하지만 속임수 같은 걸 전혀 쓰지 않는 마술이라니 누가 생각이라도 했겠냐고! 저기, 손수건으로 감싸서 없애버린 그랜드피아노는 대체 어디 간 거야?! 손수건으로 감쌀 수 없는 커다란 피아노는 대체 어디 있는 거냐고!”

또 말도 안 되는 짓을 벌인 거냐.

하지만 흥미가 생겼으니 다음에 꼭 보여 달라고 해야겠다.

"그리고 그 가게에서 마술에 쓴 장식품과 피아노를 변상해달래……. 파오리 양식장에서도……. 전부 다는 무리더라도, 변상금의 절반만이라도 부담해달라고 이 사람들에게 부탁하고 있는데……. 아앗! 잠깐만 있어봐! 이대로 있다간 부모님에게 혼날 거라고! 하다못해 3분의 1만이라도……!"

우리는 귀를 막은 채 그 자리를 부리나케 벗어났다.

4

"엘로드는 어땠나요? 기분 전환은 충분히 하셨나요?"

아이리스가 숙소로 돌아온 우리를 맞이해줬다.

"나는 이 마을에서 전설을 만들었어. 그리고 이 애들도 다른 의미에서 전설을 만든 것 같아."

아이리스는 내 말이 이해가 되지 않는지 고개를 갸웃거렸지만, 다른 이들의 얼굴을 보고 캐묻지 않는 편이 좋겠다고 판단한 것 같았다.

바로 그때였다.

"그럼 아이리스 님. 오늘은 피곤하실 테니 내일에 대비해 일찍 잠자리에 드시죠. 오늘은 방에서 푹 쉬실 수 있도록 식사도 방으로 가져다 달라고 말해뒀습니다. 푹 쉬십시오."

다크니스가 평소보다 공손한 태도를 취하며 아이리스를 향해 그렇게 말했다.

"아직 잠자리에 들기에는 이르지 않을까요? 아, 저도 내일에 대비해야 한다고 생각하지만……."

아이리스가 그렇게 말하며 고개를 갸웃거리자, 다크니스는 송구스럽다는 표정을 짓고 연기하는 듯한 목소리 톤으로 이렇게 말했다.

"아이리스 님, 내일은 약혼자 분과 만나기로 되어 있습니다. 오늘만은 일찍 잠자리에 드셔서 충분히 수면을 취하신 후, 한층 더 아름다운 모습을 상대방에게 보여드려야 한다고 생각합니다."

"……그렇군요. 알았어요. 그럼 오늘은 일찍 잠자리에 들도록 할게요."

아이리스는 나를 힐끔힐끔 쳐다보며 방을 나섰고 다크니스는 가볍게 손뼉을 쳤다.

"좋아. 그럼 우리도 빨리 자자. 내일은 중요한 회담이 열리니까 말이야. 아직 이른 시간이지만 쉴 수 있을 때 쉬어두는 것도 호위의 임무다!"

그런 소리를 하며 해산을 재촉하는 다크니스가 좀 수상했으나 여행을 하면서 다소 피로가 쌓인 우리는 딱히 의문을 품지 않고 방으로 돌아가려—.

―이거, 그거지?

다크니스와 레인이 이야기하던, 나한테 약을 먹여서 재운다고 했던 바로 그거 말이야.

다크니스와 꽤 오랫동안 알고 지낸 내가, 저렇게 수상쩍은 행동을 하는 다크니스를 보고 눈치를 못 챌 리가 없잖아.

나는 일찌감치 방에 돌아갔지만 침대에 들어가지는 않은 채 주위를 경계했다.

대체 어떤 수단으로 나에게 약을 먹일 심산인 걸까.

가장 손쉬운 방법은 불시에 이 방에 쳐들어와서 힘으로 약을 먹이는 거다.

하지만 그랬다간 내가 저항할 우려가 있다.

그러니 저녁 식사에 약을 탈 거라고 생각했는데 오늘 저녁에는 다 같이 외식을 했다.

작전을 결행할 기회는 오늘밤뿐이라 생각하는데, 대체 어떤 수를…….

내가 다크니스의 생각을 파악하기 위해 고민에 잠겨있을 때였다.

"카즈마, 아직 깨어 있느냐?"

다크니스의 목소리와 함께 가벼운 노크 소리가 들려왔다.

지금 시각은 오후 여덟 시 경이다.

일찍 자고 일찍 일어나는 게 기본인 이 세계에 있어서도 잠들기에는 이른 시간대다.

"안 자. 문은 안 잠갔으니까 들어와도 돼."

하지만 나도 얕보인 것 같군.

나한테 수면제를 먹이는 게 쉬운 일이라고 생각하는 걸까?

대체 어떤 방법을 쓰려는 건지는 모르겠지만, 내가 주도권을 잡고 열심히 놀려—

……내가 지금까지 해왔던 생각이 순식간에 머릿속에서 전부 사라져버렸다.

"그, 그래? 그럼 실례하마. 실은 너와 이야기를 좀 나누고 싶거든."

바로 다크니스가 입고 있는 노출도 높은 네글리제 때문에—

내 방에 들어온 다크니스는 들고 있던 술병을 방 중앙에 놓인 테이블에 내려놓았다.

상대방을 얕본 사람은 아무래도 나인 것 같았다.

그렇다. 상대는 모략이 특기인 귀족이다.

이 타이밍에 미인계를 쓸 줄은 꿈에도 몰랐다.

"왜왜왜, 왜 그런 옷차림을 한 거야? 보여서는 안 될 게 보일 것만 같다고."

"윽?!"

다크니스는 내 태클을 듣고 수치심을 느꼈는지 얼굴을 새빨갛게 붉혔다.

다행이다. 다크니스 또한 아무렇지도 않은 척할 여유는 없

는 것 같았다.

"그래? 하지만 이 정도는 별것 아니지 않느냐. 여행지에서 개방적인 기분이 되는 건 흔한 일이지. 그것보다 우선 한 잔 하지 않겠느냐?"

다크니스는 내 말을 듣더니 태연한 태도를 가장하면서 가지고 온 술병의 뚜껑을 열었다.

술병을 따는 기분 좋은 소리가 방금까지 이 술이 밀봉되어 있었다는 사실을 알려줬다.

그럼 이 술에 약을 탄 것은 아니리라.

"흐음. 뭐, 아직 잠을 자기에는 이른 시간이지. 자기 전에 술 한 잔 하고 싶던 참이었는데 잘 됐네. 잘 마실게."

나는 그렇게 말하면서 다크니스가 가지고 온 술잔 중에서 하나를 쥔 후—.

"어이쿠!"

그 술잔을 바닥에 떨어뜨렸다.

유리잔은 쩽그랑 하는 소리를 내며 박살났고 사방에 파편이 흩뿌려졌다.

그 광경을 본 다크니스의 낯빛이 바뀌는 가운데, 나는 박살난 파편을 향해 손을 뻗었다.

"『윈드 브레스』!"

그리고 바람 마법을 써서 파편을 방구석으로 옮겼다.

"……휴우. 다크니스, 미안해. 술잔을 놓치고 말았어. ……

어, 잔이 하나뿐이잖아. 내가 잔을 가지고 올게. 파편은 내일 이 숙소 사람들에게 치워달라고 해야겠네."

나는 다크니스에게 그렇게 말하면서 그대로 방을—.

"기, 기다려라, 카즈마. 저, 저기……. 자, 잔은 하나만 있어도 되지 않겠느냐? 나는 애초부터 너에게 술만 따라줄 생각이었다. 너의 평소 노고를 치하하는 의미에서 말이다!"

……방에서 나가려고 한 순간, 그녀가 내 옷자락을 움켜잡았다.

이 녀석, 권모술수에 능숙한 귀족답지 않게 거짓말이 서투네.

"호오, 내 어떤 노고를 치하할 건데? 내가 평소에 그렇게 고생하는 것처럼 보여? 매일같이 잠만 퍼질러 자는 내가?"

"그, 그게 말이다! 저기…… 얼마 전에 또 마왕군 간부를 쓰러뜨렸지 않느냐! 우리는 지금까지 마왕군 간부를 몇 명이나 해치웠다만, 그건 쉬운 일이 아니다."

허둥대면서 변명거리를 생각하던 다크니스는 이윽고 약간 진지한 표정을 지은 뒤 내 얼굴을 똑바로 쳐다보았다.

"그건 네가 파티의 리더로서 우리를 잘 이끌었기 때문이라고 생각한다. 우리는 폐만 끼쳐대지 않느냐. 카즈마, 항상 고맙다……."

그렇게 말한 다크니스는 다른 꿍꿍이가 없는 것처럼 구김 없는 미소를 지었다.

오호라, 이렇게 진실과 거짓말을 교묘하게 섞는 게 귀족의 방식이구나.

……하지만 물러 터졌는걸.

한순간 위험했지만 나는 남을 만나면 우선 의심부터 하고 보는 신중한 남자다.

나는 술병을 쥔 다크니스의 손을 살며시 잡았다.

"그건 내가 할 말이야. 나는 평범한 모험가이자, 최약체 직업이잖아. 너희가 없으면 아무것도 할 수 없어. 특히 다크니스, 네가 없었다면 우리 파티는 몇 번이나 전멸했을 거야. 환대를 받아야 할 사람은 바로 너야. 자, 술잔을 줘봐. 내가 한 잔 따라줄게."

"뭐?"

내가 술병을 쥐자 다크니스는 허를 찔린 듯한 반응을 보였다.

잠시 동안 망연자실한 표정을 짓고 있던 다크니스는 내가 술병을 빼앗으려 한다는 사실을 깨닫더니—.

"아, 아니다. 카즈마. 나는 그 말만으로도 충분히 기쁘다. 그리고 오늘은 내가 네 노고를 치하하러 온 것이지 않느냐. 그러니 내가 환대를 받을 수는 없지. 자, 술병을 놓고 잔을 잡아라. 내가 한 잔 따라주마."

다크니스의 어조는 온화했지만 그녀는 나한테 술병을 빼앗기지 않으려고 손에 힘을 주며 저항했다.

이렇게까지 저항하는 걸 보면 역시 술잔에 약을 발라둔 게 틀림없는 것 같았다.

"아냐. 귀족인 네가 따라주는 술을 마실 순 없지. 때로는 귀족 아가씨에게 봉사하게 해달라고. 예행연습 삼아서 말이야. 우리는 내일도 호위로서 성에 갈 거지? 그때 당치도 않은 실수를 저지를지도 몰라. 공적인 장소에서 귀족인 너한테 반말을 쓸 수도 없잖아!"

내가 술병을 빼앗기 위해 손에 힘을 주자, 다크니스는 드디어 본성을 드러냈다.

"이익, 잔말 말고 술병을 놔라! 항상 나한테 반말을 해대는 네놈이 이제 와서 공손한 태도를 취할 수 있을 리 없지 않느냐! 그리고 네놈은 엘로드에 오는 와중에도 시시콜콜 나한테 아무 짝에도 도움이 되지 않는다고 말했지?! 너는 평소에도 나를 중요한 순간에 도움이 되지 않는 여자라며 바보 취급한다만, 크루세이더는 방어 전문이니 화려하게 활약할 일이 없단 말이다!"

"너야말로 술병을 놔! 실은 내 노고를 치하할 생각이 눈곱만큼도 없지?! 그리고 술이 아니라 네 몸으로 봉사해주는 편이 훨씬 기쁠 거라고! 자, 이 술잔에 약을 발라뒀지? 찔리는 구석이 없다면 네가 먼저 이 술잔으로 술을 마셔보라고!"

한걸음도 물러서지 않으며 서로를 향해 고함을 질러대던 우리는—.

"큭! 찌, 찔리는 구석은 없다! 그래도 이 술잔으로 술을 마실 수는 없어. 이건 너의 노고를 치하하기 위해서 준비한 거니까 말이다! 그것보다, 술보다 몸으로 봉사해주는 편이 기쁠 거라고 했지? 좋다. 그럼 몸으로 봉사해주마! 침대 위에 누워봐라!"

"이 녀석, 나한테 약을 먹이려고 했던 게 들통 날 것 같으니 적반하장으로 화를 내네! 좋아, 어디 한 번 봉사해보라고!"

폭언을 주고받던 나와 다크니스는 상태가 이상해진 채 침대 위로 장소를 옮겼다.

평소 이상한 소리를 자주 하지만 이 녀석은 진짜로 선을 넘으려고 하면 주저한다는 사실을 알고 있다.

나는 상의를 벗어던진 후 침대에 대자로 드러누웠다.

"자, 어서 해봐!"

"이, 이 자식!"

내가 상의를 벗으니 다크니스는 눈을 둘 곳이 없다는 듯 고개를 돌렸다.

"어라, 왜 그러는 거야? 역시 입만 산 아가씨답네! 뭐, 평소에 나를 얼간이라고 불러대지만, 그러는 너도 겨우 볼에 뽀뽀하고 부끄러워하는 상류층 아가씨잖아!"

"좋다! 네놈 같은 평민에게 더는 얕보일 수 없지! 내가 한 말은 지키겠다! 몸으로 봉사하면 될 것 아니냐!"

다크니스는 그렇게 말하면서 내 몸 위에 올라탔다.

그러나 나를 덮치는 자세를 취하기는 했지만 뭘 하면 될지 모르는 것 같았다.

"어이, 설마 몸으로 봉사한다는 게 나를 마사지해준다는 의미는 아니겠지?! 너도 알 건 다 알잖아! 평소에 그렇게 음란한 망상을 해대니까 말이야!"

"어, 엉큼한 망상 같은 소리 하지 마라! 나는 더스티네스 포드 라라티나. 설령 제아무리 불리하더라도 절대 도망치지……!"

바로 그때 쾅 하는 소리가 나면서 문이 활짝 열렸다.

그러자 붉은 색으로 눈동자가 빛나고 있는 메구밍이 모습을 드러냈다.

"아까부터 정말 시끄럽군요! 대체 뭘 하고 있는 거죠?!"

다크니스 밑에 깔린 나는 주저 없이 메구밍에게 도움을 요청했다.

"메구밍, 도와줘! 나, 겁탈당하겠어!"

"아앗! 이, 이 자식?!"

5

"다크니스는 대체 무슨 생각인 거죠? 욕정하지 말라는 건 아니지만, 이 숙소에는 아이리스도 묵고 있단 말이에요. 하다못해 그런 짓은 집에 돌아간 후에 하세요."

"그, 그런 게 아니다, 메구밍! 실은 피치 못할 이유가 있어서……!"

내 방에 난입한 메구밍에게 다크니스한테 겁탈당할 뻔 했다고 고자질한 나는—.

"뭐가 아니라는 거야? 나한테 약까지 먹이려고 했으면서. 술잔에 수면제라도 발라뒀지? 그런 짓을 안 했다면 네가 가지고 온 술잔으로 술을 마셔봐. 약으로 재운 후, 나한테 이상한 짓을 할 생각이었던 거지? 너, 전에도 비슷한 짓을 하려고 했던 적이 있잖아."

"아아아아, 아니다……! 그런 게 아니라, 실은 피치 못할 이유가……."

이렇게 명백한 증거가 있으니 다크니스가 불리했다.

그리고 증거는 하나 더 있었다.

"이렇게 음란한 복장을 해놓고 뭐가 아니라는 거죠? 몸의 중요부위가 보일락 말락 하는 복장으로 그런 소리를 해봤자 설득력이 없어요! 자, 순순히 자백하세요!"

그렇다. 평소보다 아슬아슬한 복장을 한 것이 이렇게 역효과를 자아낸 것이다.

그런데 이 녀석은 대체 무슨 생각으로 이런 꼴을 한 것일까.

"이건, 그러니까! ……으으, 이건……. 내일 회담 자리에서 카즈마가 이상한 짓을 하면 큰일이니, 카즈마에게 약을 먹여서 한동안 재워둘 생각이었다. 하지만 오락대국인 이 나라에서 잠만 퍼질러 자는 것도 좀 안됐다는 생각이 들어서……."

"아하. 서비스 삼아 이런 복장을 하고 온 거군요. 그리고 운 좋으면 그대로 확……! 같은 생각도 했겠죠. 정말 음란한 귀족 영애군요!"

기회를 잡은 메구밍이 질책을 하자 다크니스는 결국 체념했다.

"그렇지 않……! 으…… 윽……. 이제 부정 안 할게요. 저는 음란한 귀족 영애예요……."

"정말! 액셀 마을에 계신 다크니스의 아버님이 이 사실을 아시면 뭐라고 할까요? 하아…… 하아……. 자, 뭐하는 거죠? 빨리 말해보란 말이에요!"

메구밍은 다크니스를 괴롭히는 것에 재미가 들렸는지 숨결이 거칠어졌다.

때때로 생각하지만 이 녀석은 남을 괴롭히는 걸 즐긴다니깐…….

나는 침대 위에 무릎을 꿇고 있는 다크니스의 앞에서 상반신 알몸인 채로 양반다리를 하며 앉았다.

"너란 녀석은 정말……. 나는 아이리스에게 도움이 되지 않는 짓을 할 만큼 어리석지 않아. 아이리스의 약혼자를 느닷없이 공격하거나 하지는 않을 테니까 안심해. 나는 당사자가 원치 않는 약혼이나 결혼이 이뤄지는 게 싫을 뿐이야. 네가 영주 아저씨와 억지로 결혼을 할 뻔 했을 때도 내가 구하러 갔었잖아?"

"…………윽."

내가 도우러 왔을 때를 떠올렸는지 고개를 숙인 다크니스의 귀가 약간 빨개졌다.

"아이리스가 이 약혼을 진정으로 원하고 있다면 나도 방해할 생각은 없어. 속으로는 원하지 않으면서도 자신을 희생해 결혼을 하는 게 싫을 뿐이야. 귀족이나 공주님에게 있어서는 어쩔 수 없는 일일지도 모르지만, 내가 아는 사람이 그런 짓을 당하는 건 싫어. 딱히 내가 사귀고 싶은 건 아니더라도, 여자 사람 친구가 다른 남자의 것이 되는 건 마음에 안 든단 말이야."

"하아, 낮에는 저희를 다른 남자들에게 떠넘기고 가버린 주제에 그딴 소리를 하는 건가요?"

"동감이다. 이 녀석의 머릿속이 어떻게 되었는지 한 번 보고 싶구나."

"그건 너희를 믿기 때문이야. 너희는 잘 알지도 모르는 남자들에게 헌팅 당했다고 그대로 넘어갈 만큼 가벼운 여자가 아니잖아?"

복잡한 표정을 짓고 있던 두 사람은 내 말을 듣더니 어떤 반응을 보여야할지 모르겠다는 얼굴로 서로를 쳐다보았다.

"이 남자는 때때로 비겁하다니까요. 자기는 멋대로 행동하면서 말이에요."

"맞는 말이다. 자기는 모르는 여자를 넙죽넙죽 따라가면서 말이지. 여전히 말주변이 좋다고 할까, 약아빠졌다고 할까……."

어이쿠, 나를 전혀 신용하지 않는 것 같군요.

뭐, 낮에 따로 행동할 때 서큐버스 서비스 출장 영업소 같은 가게를 찾으러 다녔으니 단호하게 반박할 수는 없었다.

바로 그때 다크니스가 개운한 표정을 지으며 몸을 일으켰다.

"알았다. 카즈마, 더는 아무 말도 하지 않겠다. 그리고 맞선을 항상 거부해왔던 나에게는 이러쿵저러쿵 할 권리와 자격이 없지. 만약 무슨 일이 생긴다면 책임을 져줄 테니 알아서 해라. 우리 가문이 네 뒷배가 되어주마."

"그거 좋네. 아, 클레어라는 사람도 비슷한 말을 하면서 이걸 나한테 줬어. 대귀족 두 명이 내 뒷배가 되어준다면 웬만한 사고를 쳐도 무마할 수 있겠네."

나는 가문의 문양이 새겨진 펜던트를 보여주었고 다크니스는 깜짝 놀랐다.

"클레어 님이 그걸 맡길 만큼 너를 신뢰하고 있는 것이냐? 너는 그게 뭔지 이해하고 있긴 한 것이냐?"

"그런 건 모르지만, 태도를 보아하니 너보다 그 흰색 정장 누님이 나를 더 신뢰하고 있다는 건 이해했어."

클레어보다 나를 더 오래 알고 지낸 다크니스는 그 말을 듣고 약간 울컥했는지, 목에 걸고 있던 펜던트를 벗어서—

"카즈마. 너를 신뢰한다는 증표로서 이걸…… ……으으,

이, 이걸 넘겨줘야 하는 건가……."

"뭐야. 줄 거면 우물쭈물하지 말고 화끈하게 넘겨달라고! 어이, 인마! 빨리 손 떼!"

나는 펜던트에서 손을 떼지 못하는 다크니스에게서 그걸 억지로 빼앗은 후 목에 걸었다.

"뭐, 아무튼 내일은 나만 믿어. 이번 회담의 주된 목적은 방어 비용 지원을 중단하지 못하도록 상대의 기분에 맞춰주면서 교섭을 하면 되는 거지? 그렇다면 걱정할 필요 없어. 내가 아이리스를 불행하게 할 리 없잖아?"

다크니스는 내 말을 듣더니―.

"그래……. 음, 맞다. 좋다. 내일은 너만 믿겠다. 아이리스님을 부탁한다! 만약 이번 일이 잘 풀린다면……."

안도한 표정을 지으며 말을 이었다.

"이번에는 볼 키스 같은 어린애 같은 답례가 아니라, 제대로 된……."

거의 들리지 않을 만큼 목소리가 작았지만 나는 독순술 스킬 덕분에 그녀가 한 말을 전부 파악했다.

그리고 다크니스의 방금 발언을 기억해두기로 마음먹었다.

6

"하암~. 음, 꽤 돈을 들인 성이네. 다크니스, 왕도의 경제

규모도 그렇고, 성의 크기도 그렇고, 여러모로 너희 나라가 꿀리는 것 같지 않아?"

다음날 아침.

엘로드의 성에 도착한 우리는 그 크기와 호화로움에 압도당했다.

"으음, 못 참겠네요. 여기에 폭렬마법을 날리면 대체 어떻게 될까요? 그걸 상상하기만 해도 무심결에 영창을 할 것 같아요."

"메구밍, 여기서부터는 우리끼리 갈 테니까 너는 숙소에 돌아가 있어도 된다."

메구밍이 무시무시한 소리를 입에 담자 다크니스는 얼굴을 딱딱하게 굳히며 그녀를 견제했다.

"저기, 이 성 꼭대기의 깃발에 그려진 그림을 아쿠시즈 교단의 심벌마크로 바꾸는 마술을 펼치면 다들 놀라겠지?"

"아, 아쿠아. 액셀 마을에 돌아가면 더스티네스 가문에서 아쿠시즈 교단에 기부를 하겠다. 그러니 오늘은 얌전히 있어다오."

다크니스는 금방이라도 울음을 터뜨릴 것 같은 얼굴로 성 꼭대기를 지그시 쳐다보고 있는 아쿠아를 말렸다.

바보 같은 녀석, 문제아 밖에 없는 이 집단에서 나만 주시하니까 이렇게 되는 거야.

"좋아. 이제부터 만날 꼬맹이가 얼마나 남자다운지 테스

트해봐야지. 과연 얼마나 버틸 수 있으려나?"

"너, 어젯밤에 자기 입으로 한 말을 다 잊은 거냐?! 바보 같은 짓거리를 꾸밀 거면 펜던트를 돌려…… 아앗?!"

나는 다크니스가 내 목덜미를 향해 뻗은 손을 피한 후 펜던트를 재빨리 숨겼다.

"너너, 너, 지금 더스티네스 가문의 펜던트를 어디에 숨긴 것이냐! 그건 우리 가문의 가보나 다름없는 물건……!"

내가 펜던트를 숨긴 장소가 마음에 들지 않는 다크니스가 그런 소리를 하자—.

"어이, 아까부터 엄청 시끄럽네. 여기가 어디인지 모르는 거야? 우리는 호위지만, 그와 동시에 한 나라를 대표하는 사신이기도 해. 예절이라는 걸 지키는 게 어때?"

"왜 내가 주의를 받아야 하는 것이냐! 아아, 정말! 제발 부탁이니까 얌전히 좀 있어라……!"

시끄럽게 떠들어대는 우리를 본 아이리스가 즐거운 듯 웃음을 흘렸다.

"오늘은 왕자님을 처음 만나는 자리지만, 여러분 덕분에 전혀 긴장이 되지 않네요. 정말 고마워요."

"봐. 아이리스는 이렇게 차분하고 예의가 바른데, 신하인 네가 제일 시끄러우면 어떻게 하냔 말이야."

"너너너, 너……! 내가 누구 때문에 이렇게 시끄럽게 떠들어대는 건지……!"

현재 이 왕성의 성주인 왕자가 직접 마중을 올 테니 성 앞에서 기다리라는 말을 듣고 수십 분이 지났다.

　기다리는 것도 지겨워진 우리가 다크니스를 놀리고 있을 때였다.

　"정말, 이래서 베르제르그의 촌뜨기들은 문제라니깐…….
성 앞에서 떠들지 마. 예의를 지키란 말이야."

　변성기가 지나지 않은 어린애 특유의 새된 목소리가 주위에 울려 퍼졌다.

　보아하니 나이는 아이리스와 비슷해 보였다.

　하지만 나이에 비해 키는 커서 몸집은 나와 비슷했다.

　자신의 힘을 과시하듯 수많은 신하를 데리고 우리 앞에 나타난 자는 얼굴에 주근깨가 난 붉은 머리 소년이었다.

　조그마한 왕관을 쓴 걸 보면 이 녀석이 아이리스의 약혼 자이리라.

　"보세요. 다크니스가 시끄럽게 떠들어대니 혼났잖아요."

　"다크니스는 정말 못 말린다니깐. 상대는 왕족이잖아? 이런 데서 떠들어대면 어떻게 해."

　"크으으으으으으윽……!"

　왕자를 비롯해, 곁에 있던 메구밍과 아쿠아에게도 꾸중을 들은 다크니스가 부끄러워서 새빨개진 얼굴을 숙였다.

"저기……."

지금까지 다크니스의 뒤편에 있던 아이리스가 상식과 예의가 결여된 얼간이 신하 앞에 섰다.

"당신이 엘로드의 제1왕자이신 레비 님이시죠? 저는 베르제르그의 제1왕녀인 아이리스라고 합니다. 당신을 만나기 위해 찾아왔죠. 오늘 이렇게 당신을 뵈어서 정말 기뻐요."

아이리스는 구김 없는 미소를 짓더니 너무 크지도, 작지도 않은 목소리로 그렇게 말하며 우아함과 사랑스러움이 동시에 느껴지는 그야말로 완벽한 인사를 건넸다.

마치 다크니스를 감싸려는 것처럼 당당히 나선 그 모습에서는 내가 처음 아이리스를 만났을 때 느꼈던 위축된 인상이 전혀 존재하지 않았다. 그야말로 한 나라의 왕녀다웠다.

"아, 아이리스 님……!"

예전에는 여동생처럼 여겼던 자기 주군의 멋진 모습을 본 다크니스가 감격한 목소리로 그렇게 말했다.

내가 할 말은 아니지만 클레어도 그렇고, 이 녀석도 그렇고, 아이리스를 너무 과보호하는 것 같았다.

"네가 내 약혼자야? 베르제르그의 일족은 여자까지 전부 무투파라고 들었는데 약해빠진 것 같네. 좀 더 세고 늠름한 사람일 줄 알았거든. 완전 실망이야."

"예? 아, 저기……. 죄송해요……."

어?

"그리고 호위는 왜 이렇게 적은 거야? 베르제르그는 그 정도로 돈이 없는 거야? 근육만이 아니라 돈을 벌 머리도 단련하는 게 어때?"

레비 왕자가 그렇게 말하며 우리를 바보 취급하듯 웃자, 그가 데리고 온 신하들도 덩달아 웃음을 터뜨렸다.

이 꼬맹이, 초면인 상대한테 진짜 너무한 걸.

왕자에 대한 첫 인상은 멍청한 꼬맹이, 그 이상도 그 이하도 아니었다.

게다가 다른 신하들도 하나같이 인상이 나빴다.

이 나라는 우호국이자 동맹국이라고 하지 않았어?

도저히 그렇게는 안 보이는데?

……그리고 레비 왕자의 흥미는 아이리스의 뒤편에 있는 우리를 향했다.

그건 왕자의 뒤편에 있는 신하들도 마찬가지였는지, 아이리스를 쳐다볼 때와 마찬가지인 깔보는 시선으로 우리를 쳐다보았다.

그리고 몇몇 신하들은 아쿠아와 메구밍을 보더니 눈을 치켜떴다.

"호위들도 하나같이 시원찮네. 다들 어린 티가 풀풀 나는데다, 장비도 비싸 보이지 않잖아. 용케도 저런 녀석들과 여기까지 무사히 왔는걸."

신하들의 반응을 눈치채지 못한 왕자가 비꼬는 어조로 그

렇게 말했다.

하지만 신하들은 덩달아 웃지 않았다.

그걸 불가사의하게 생각한 왕자가 뒤편을 돌아본 순간—.

"싸움이라면 얼마든지 받아주마."

눈동자가 붉게 빛나고 있는 메구밍이 앞으로 나섰다.

7

원래는 외교 전술 삼아 그런 것이리라.

이유는 모르겠지만 이 왕자는 우리를 도발해서 화나게 하는 게 목적이었을 것이다.

하지만 그가 한 유일한 오산은 바로—.

"오해하지 마십시오! 레비 왕자님께서는 여러분의 나라에 대해 해박하지 않으십니다! 그래서 홍마족을 모르셨던 것뿐이에요! 시비를 걸 생각은 없으셨을 겁니다……!"

"왕자님, 상대를 봐가면서 말을 하세요! 저 자는 홍마족이에요! 마왕조차 한수 접어주는 골치 아픈 자들이라고요. 저 자들과 잘못 얽히면 큰일이니 말조심하세요!"

"그, 그렇구나! 내가 잘못했어! 내가 잘못했으니까 마법을 영창하지 마!"

잔뜩 겁을 먹은 왕자는 신하들의 말을 듣더니 주문을 영창 중인 메구밍에게 사과했다.

"이번에는 그냥 넘어가겠지만, 다음에는 봐주지 않을 거예요. 제 이름은 메구밍. 폭렬마법으로 수많은 마왕군 간부를 해치운 자. 저를 화나게 하지 않는 게 좋을 거예요."

"알았습니다, 메구밍 님. 앞으로는 이런 일이 일어나지 않도록 조심하겠습니다!"

신하 중 한 명이 쉴 새 없이 사과를 하는 가운데, 왕자만은 약간 불만 섞인 표정을 짓고 있었다.

내 옆에서는 다크니스가 울상을 지은 채 양손으로 관자놀이를 누르고 있었다.

"잘 모르겠지만, 잘못했다는 말은 할 줄 아나 보네. 시원찮은 호위라는 말을 들었을 때는 성스러운 펀치를 날려줄까 생각했지만, 나도 용서해줄게."

상황이 수습되려고 할 때 아쿠아가 쓸데없는 소리를 했고 왕자는 수상쩍은 시선으로 그녀를 쳐다보았다.

"네놈, 프리스트 주제에 감히 나에게……."

"왕자님, 왕자님! 저 자는 아쿠시즈 교도입니다. 게다가 푸른 머리카락과 저 옷차림으로 볼 때, 상당히 열렬한 신도가 틀림없어요! 안락 소녀보다 성가시고, 언데드보다 끈질기다는 바로 그 아쿠시즈 교도라고요!"

표적을 아쿠아로 바꾸려던 왕자는 신하의 경고를 듣더니

히익 하고 신음을 흘렸다.

"저기, 아쿠시즈 교도를 안락 소녀나 언데드의 동료 취급하지 말아줄래?! 사과해! 우리 애들을 몬스터 취급한 걸 사과하란 말이야!"

블랙 컨슈머 같은 아쿠아를 보고 겁먹은 왕자는 나와 다크니스도 두려움이 어린 시선으로 쳐다보았다.

그리고 왕자는 옆에 있는 신하와 낮은 목소리로 이야기를 나눴다.

『어이, 그럼 저기 있는 금발 기사도 평범한 사람이 아닌 거야?』

『왕자님, 저 사람은 더스티네스 경입니다. 왕가의 방패라 불리는 일족이며, 대대로 뛰어난 실력을 지닌 기사를 많이 배출했죠. 적으로 돌리지 않는 편이 좋을 겁니다…….』

그들이 입을 가리지 않아서 독순술 스킬을 지닌 나는 무슨 말을 하는지 전부 알 수 있었다.

그리고 왕자의 시선은 당연히 나에게도 향했는데—.

『그럼 저기 있는 시원찮아 보이는 남자도…….』

『아, 저 남자에 대해서는 아는 바가 없습니다. 아마 평범한 짐꾼이겠죠.』

어이, 확 날려버린다?

—다들 이 상황을 어떻게 수습할지 고민하고 있을 때였다.

"대체 무슨 일입니까?"

외모는 평범하지만 척 봐도 높은 사람이라는 느낌의 세밀하게 가공된 옷을 입은 남자가 나타났다.

왕자를 능가하는 관록이 느껴지는 그 남자는 성에서 이곳을 향해 걸어왔다.

"재상님! 아니, 그게……."

신하 중 한 명의 말 덕분에 그가 누구인지 바로 눈치챘다.

내가 어제 밥집에서 들은 이야기에 나왔던, 현재 이 나라를 손아귀에 쥐고 있는 재상이 바로 이 사람인 것 같았다.

이 자리에 있는 모든 이들이 공손한 태도를 취할 때 아이리스가 재상에게 인사를 건넸다.

"처음 뵙겠습니다. 저는 베르제르그의 제1왕녀인 아이리스라고 해요. 만나 뵈어서 영광입니다."

"소문으로 들었던 베르제르그 일족이라는 게 믿기지 않을 만큼 귀여운 공주님이시군요. 저는 이 나라의 재상인 러그크래프트라고 합니다. 잘 부탁드립니다."

방금까지 벌어진 소동을 순식간에 수습한 재상은 인사를 건넨 후 돌아서서 걸음을 옮겼다.

다들 안도의 한숨을 내쉬면서 그의 뒤를 따랐다.

"그럼 아이리스 님 일행께서는 이쪽으로 오시죠. 여러분을 환대할 준비가 되어 있……."

바로 그때였다.

재상에게 다가간 아쿠아가 갑자기 그의 등을 만졌다.

"이, 이 프리스트가 대체 뭘 하는 거지? 나한테 무슨 볼일이라도 있나?"

재상이 무심코 그렇게 묻자 아쿠아는 고개를 갸웃거리며 입을 열었다.

"이유는 모르겠지만, 아저씨가 좀 신경 쓰여. 하지만 악마 냄새도 나지 않고 언데드의 기운도 느껴지지 않네. ……저기, 아저씨. 혹시 친구 중에 악마가 있어? 아니면 야생 언데드를 기르는 거야?"

"러그크래프트 님, 죄송합니다! 이 자는 괴짜가 많은 걸로 유명한 아쿠시즈교의 신도인지라……!"

다크니스는 느닷없이 무례한 소리를 지껄이는 아쿠아를 허둥지둥 말리면서 고개를 숙였다.

그 말을 들은 아쿠아가 자신을 잡고 있는 다크니스의 손을 찰싹찰싹 소리 나게 때렸고—.

"괘, 괜찮네. 아쿠시즈 교도라면 어쩔 수 없지……."

재상은 표정을 딱딱하게 굳히며 그렇게 말했다.

8

"그, 그래도 선처를 부탁드립니다!"

재상과 담소를 나누던 아이리스가 주위에 울려 퍼질 만큼 큰 목소리로 그렇게 외쳤다.

성 안으로 안내된 우리는 재상이 말했던 것처럼 환대를 받았다.

대국답지 않게 검소한 파티였지만······.

"선처를 해드리고 싶어도 방법이 없습니다. 이 나라도 재정적으로 힘든 상황이지요. 이 파티를 보십시오. 소중한 동맹국인 베르제르그의 왕녀님이 와주셨는데도, 이렇게 검소한 파티를 열 수밖에 없는 상황입니다. 그러니 아이리스 님께서 아무리 부탁하신들 방어 비용을 부담하는 건 무리입니다."

재상은 송구하다는 표정을 지으면서도 딱 잘라 거절했다.

우리 이외에는 왕자와 재상, 그리고 그들의 들러리밖에 없는 이 조그마한 파티장에서 나와 동료들은 흩어져 요리를 먹고 있었다.

"하지만 이 나라에 와보니 재정난에 허덕이고 있는 것처럼 보이지는 않습니다만······."

아이리스의 곁을 돌아다니던 내가 귀를 기울여보니 아무래도 이번 방문의 주된 목적에 대해 이야기를 나누고 있는 것 같았다.

"그건 외국 분들이 볼 때 그렇게 보이는 것뿐입니다. 이 나라의 국민들은 다들 힘든 생활을 하고 있기에, 베르제르그를 지원할 여유가 없어요······."

"그, 그런가요……."

아이리스는 재상의 말을 듣더니 고개를 푹 숙였다.

이럴 때야말로 귀족인 다크니스가 나설 차례겠지만, 유감스럽게도 그녀는 이 파티장에서 멋대로 술과 음식을 즐기고 있는 문제아 두 명을 감시하느라 바빴다.

그럼 내가 나서야만 할 것 같았다.

"잠시 실례하겠습니다."

"오, 오라버니?"

나는 담소를 나누고 있는 두 사람 사이에 끼어들었고 재상은 인상을 썼다.

"당신은 왕녀님의 호위 분이군요. 저와 아이리스 님은 현재 중요한 이야기를 나누고 있습니다. 할 말이 있다면 나중에 해주지 않겠습니까?"

"아, 저는 이 애의 오빠니까요. 그러니 보호자 대신이라고도 할 수 있습니다."

나를 건방지다는 듯 쳐다보던 재상은 『오빠』라는 말을 듣고 눈을 치켜떴다.

파티장 곳곳에서도 「오빠?」, 「저 사람이 저티스 왕자?!」 같은 목소리가 들려왔다.

"아하, 그리고 보니 아까 아이리스 님이 당신을 오라버니라고 불렀죠. 설마 당신이…….마왕군을 상대로 최전선에서 싸우고 있다고 들었습니다만 정보가 잘못 되었나 보군요. 게다가 검은 머리카락과 검은 눈동자…… 혹시 조상인 용사로 선조회귀를 한 겁니까?"

재상은 멋대로 내 정체를 착각한 것 같았다.

검은 머리카락과 검은 눈동자를 언급하며 선조회귀 같은 소리를 하고 있지만 이 상황에서는 차라리 잘됐다.

"아무튼 당신이 누구든 간에 더는 지원을 할 수 없습니다. 죄송하지만 포기해주십시오."

재상은 나를 경계하는 것인지 강한 어조로 그렇게 말했다.

흐음, 역시 이 재상을 설득하는 것은 힘들 것 같았다.

하지만—.

"그런가요……. 아이리스, 그럼 레비 왕자님께 부탁해보자. 왕자님께 지원 약속을 받아도 되니까 말이야."

"뭐?! 그럴 여유가 없다고 아까부터 말했을 텐데요. 그리고 이 나라의 정치는 제가 맡고 있습니다. 아무리 왕자님일지라도……."

재상의 낯빛이 변했고 나는 두 손을 싹싹 비비면서 그를 향해 얼굴을 내밀었다.

"이 마을을 돌아다니다 우연히 들은 이야기입니다만, 왕자님께도 정치에 관한 결정권이 있다면서요? 게다가 마을 사람들은 재상님을 엄청 칭송하더군요. 경기가 좋은 것은 전부 재상님 덕분이라면서요. 어, 왠지 앞뒤가 맞지 않는 것 같군요. 경기가 좋은 겁니까? 아니면 나쁜 겁니까?"

내가 그렇게 말하자 재상은 벌레라도 씹은 듯한 표정을 짓더니―.

"알았습니다. 하지만 저에게는 왕자님께 의견을 제시할 권한이 없으니, 왕자님과의 교섭은 여러분이 직접 하십시오."

……하고 될 대로 되라는 듯 말했다.

좋아. 일이 괜찮은 쪽으로 풀려가고 있는데? 저 왕자는 좀 바보 같으니까 말이야.

나와 아이리스가 왕자의 곁으로 향하니 재상도 우리를 감시하려는 것처럼 따라왔다.

왕자가 우리에게 설득당하는 걸 막으려는 것이리라.

"레비 왕자님, 기분은 좀 어떠신가요? 제 이야기를 들어주시지 않겠어요?"

아이리스는 신하들과 이야기를 나누는 왕자에게 미소를 지으며 말을 걸었다.

그러자 방금까지 기분이 좋아보이던 왕자는 언짢은 표정을 짓고―.

"방금 나빠졌어. 할 이야기가 뭐지? 나는 야만스러운 베르제르그의 왕녀와 할 이야기가 없어."

이런 신랄한 말을 아이리스에게 했다.

좋아. 이 꼬맹이의 버르장머리를 고쳐줘야겠군.

"어이, 꼬맹이. 내 동생에게 또 그딴 소리를 해대는 거냐. 너, 예의라는 게 뭔지 알기는 해? 혹시 내 동생을 모욕하는 거냐? 이 자식아, 자기 약혼녀에게 이딴 태도를 취하는 놈이 어디 있냐고."

"오, 오라버니!"

"뭐?! 네놈, 감히 나한테…… 오라버니?"

아이리스는 내 손을 잡아끌면서 파티장 구석으로 가더니 이렇게 말했다.

"오라버니, 부탁이에요. 부디 성급하게 행동하지 말아주세요. 우리나라는 어떻게든 방어 비용과 공세를 펴기 위한 자금 지원을 약속받아야만 해요. 안 그랬다간 모험가 여러분에게 보수도 지급할 수가 없어요. 부탁이에요. 부디 저를 위해 조금만 참아주시지 않겠어요?"

"……아이리스가 이렇게까지 말하는데 안 들어줄 수는 없지."

아이리스가 애원하듯 올려다보며 호소하자 나는 마음속에서 타오르던 분노를 가라앉혔다.

왕자는 멀찍이서 나를 쳐다보며 재상과 이야기를 나누고 있었다.

아마 재상은 왕자에게 내가 누구인지 설명하고 있을 것이다.

뭐, 사실 나는 아이리스의 친오빠가 아니지만…….

"이야, 아까는 미안했어. 눈앞에서 동생이 모욕을 당하니 화가 날 만도 하잖아? 동생을 모욕한 너한테도 잘못은 있으니 이쯤에서 그냥 없었던 일로 하자고. 하마터면 정신 나간 홍마족과 아쿠시즈 교도를 부추길 뻔했다니깐."

"히익?! 아, 응. 나도 말이 심했어. 그냥 없었던 일로 하자."

왕자는 홍마족과 아쿠시즈 교도가 무서운지 꽤 재미있는 반응을 보였다.

이대로 자금 지원을 부탁해보자.

내 의도를 눈치챈 아이리스가 고개를 살며시 끄덕이면서 왕자를 쳐다보았다.

"왕자님, 방어 비용 지원에 관해서……."

"안 돼."

아이리스가 말을 끝까지 잇기도 전에 왕자가 딱 잘라 그렇게 말했다.

왕자는 방금까지만 해도 겁먹은 표정을 짓고 있었지만 지금은 한 사람의 왕족다운 태도를 취하고 있었다.

"러그크래프트에게서 이야기는 들었어. 대답은 처음부터 정해져 있지. 절대 안 돼."

설득의 여지도 없는 건가.

"저기, 어째서죠? 지원이 끊어져서 우리나라가 마왕군에게 정복을 당한다면, 그 다음에는 이 나라가 표적이 될 텐데요?"

"너희가 그런 걱정을 할 필요는 없어. 우리도 생각해둔 바가 있거든. 사실 우리나라는 앞으로 마왕군과 적대할 생각이 없지. 그러니 방어 비용 지원 이외의 협력을 요청해봤자 받아줄 수 없어."

…….

"자, 잠깐만요……! 그, 그게 무슨 소리죠? 그럼 우리나라와의 동맹은 어떻게 되는 건가요?"

"우리에게도 피치 못할 사정이 있어. 동맹은 유지해줄 수도 있지만, 마왕군을 자극하고 싶지는 않거든. 아, 그리고 너와의 약혼도 이 기회에 파기하겠어. 애초부터 부모님께서 멋대로 정한 거니까. 나는 야만스러운 베르제르그의 공주와 결혼하는 게 싫었다고. 남자보다 강한 여자애와 어떻게 결혼하느냔 말이야."

바로 그때였다.

아이리스는 그 말을 듣더니 한순간 표정이 밝아졌지만 곧 눈물을 머금으며 왕자의 상의 앞섶을 양손으로 움켜잡았다.

"약혼 파기는 괜찮습니다. 하지만 지원이 중단되어선……!"

"그런 표정으로 애원해봤자 안 되는 건 안 돼. 너도 명색이 왕족이라면……. 큭, 자, 잠깐만. 목이 졸려……! 그, 그만……!"

아이리스가 손에 힘을 주는 바람에 왕자의 안색이 점점 새파랗게 질렸고 주위에 있는 신하가 허둥지둥 그녀를 말렸다.

"콜록……! 저, 정말 야만스러운 여자네! 역시 약혼을 파기하기 잘했어! 아무튼, 이야기는 다 끝났으니까 빨리 돌아가 버려!"

왕자는 눈물을 글썽이며 아이리스를 향해 고함을 질렀다.

"……알았습니다."

아이리스가 고개를 숙이자 왕자의 표정이 밝아졌다.

"그래? 그럼……."

"내일 다시 찾아오겠어요."

아이리스는 왕자의 말을 끊으면서 딱 잘라 그렇게 말했다.

"……뭐?"

당황한 왕자를 향해 아이리스는 조그마한 가슴을 당당하게 펴고 말했다.

"내일 또 찾아뵙겠습니다. 아뇨, 내일만이 아니에요. 모레도, 그 다음날도, 지원을 약속해주실 때까지 몇 번이고 찾아뵙겠어요."

아이리스는 왕자를 똑바로 쳐다보며 그렇게 말했고 그는 잠시 동안 얼이 나간 표정을 짓더니―.

"머, 멋대로 해!"

겨우 정신을 차리면서 그렇게 외쳤다.

아이리스는 그 말을 들은 뒤 만면에 미소를 짓고 대답했다.

"예, 또 올게요!"

아이리스는 그 말을 남긴 후 내 손을 잡고 돌아섰다.

그러자―.

"어이, 내일부터는 호위를 딱 한 명만 데리고 와! 홍마족과 아쿠시즈 교도를 데리고 오지 말라고! 더스티네스 가문의 여자도 마찬가지야! 약해빠져 보이는 네 오빠만 데리고 오라고!"

왕자는 발악이라도 하는 목소리로 우리의 등을 쳐다보고 그렇게 외쳤다.

제4장 이 무투파 왕녀에게 칭찬을!

1

다음날 아침.

나와 아이리스는 숙소 앞에서 다른 이들을 배웅했다.

"그럼 카즈마. 다녀올게. 나, 오늘은 반드시 이길 것 같아. 아침에 차를 마실 때 찻잎이 떠올랐거든."

"아쿠아는 이른 아침부터 찻잎이 떠오를 때까지 몇 번이고 차를 물로 바꿔서 마셔댔잖아요."

아쿠아는 카지노에 간다고 했다.

그리고 메구밍은 탐색하고 싶은 장소가 있다면서 단독행동을 하기로 했다.

"카즈마, 아이리스 님을 부탁한다. 한심한 소리지만, 상대방이 오지 말라고 했으니 나는 갈 수가 없다. 하다못해 교섭 재료가 될 만한 게 없는지 이 마을을 조사해보마."

다크니스는 마을을 조사해보기로 했다.

그리고—

"그럼 저희도 다녀올게요. 반드시 지원금을 손에 넣겠어요!"

나와 아이리스는 어제 선언했던 것처럼 성으로 향했다.

다크니스는 나를 향해 손짓을 했다.

"카즈마. 미안하지만 잘 부탁한다. 원래라면 내가 아이리스 님의 곁을 지켜야하겠지만……."

"신경 쓰지 마. 내가 어떻게 해볼게. 전에 말했잖아? 아이리스를 불행하게 만들지는 않을 거라고."

다크니스는 내 대답을 듣더니 진지한 표정을 지으며 고개를 끄덕였다.

"그럼 다녀올게. 돈 왕창 따서 선물도 사올 테니까 기대하고 있어!"

아쿠아의 그 말을 신호삼아 우리는 각자의 목적지로 향했다.

―성에 도착한 나와 아이리스는 바로 왕자의 세례를 받았다.

"왜 저희를 이런 곳으로 안내한 걸까요……?"

우리가 안내된 곳은 바로 훈련장이었다.

아이리스가 당혹스러운 표정을 짓자 우리를 맞이한 왕자는 히죽거리면서 이렇게 말했다.

"뭐, 나는 어제로 교섭이 끝났다고 생각해. 하지만 너희는 교섭을 계속하고 싶다면서? 나에겐 너희와 교섭을 더 해봤자 메리트가 없지. 하지만……."

왕자는 그렇게 말하더니 훈련장에 있는 기사들을 향해 손을 펼치고 말했다.

"나는 재미있는 걸 좋아해. 이 자리에 있는 내 부하들과 싸워서 이긴다면 너희 이야기를 들어주지. 어때? 이 제안을 받아들이―."

"받아들이겠어요!"

아이리스는 왕자의 제안을 주저 없이 받아들였다.

그리고 검을 뽑아든 후 희희낙락하면서 왕자 앞에 섰다.

나는 호위지만 아이리스는 나에게 이 싸움을 맡길 생각이 없는 것 같았다.

주위에 있던 기사들은 아이리스 같은 소녀가 승부를 받아들일 거라고 생각하지 못했는지 잠시 동안 어안이 벙벙한 표정을 지었지만―.

"레비 왕자님, 부디 저에게 맡겨주십시오!"

"아뇨, 저에게 맡겨주시길! 저 건방진 계집에게 본때를 보여주겠습니다."

"잠깐, 이 기사단에서 가장 약한 사람은 나야. 그러니 내가 가장 먼저 나서야……."

타국의 인간에게 얕보였다고 생각한 기사들이 자기가 나서겠다며 다투기 시작했다.

그 모습을 본 왕자는 여유 넘치는 미소를 지었다.

"잠깐 기다려. ……어이, 진짜 네가 나설 거야? 네 오빠가 나서지 않아도 괜찮겠어?"

그리고 그는 아이리스를 놀리듯 그렇게 말했다.

"괜찮아요. 오라버니께서 나설 필요도 없죠. 저 혼자서 충분합니다. 그럼 여러분, 몇 명이든 덤벼보세요!"

아이리스는 검을 쥔 손을 늘어뜨리고 당당한 목소리로 그렇게 말했다.

하지만 기사들은 분기탱천했다.

「그럼 여러분, 몇 명이든 덤벼보세요」라는 말을 들었으니 당연했다.

즉—.

"1대 1이 아니라도 괜찮다는 겁니까? 무투파로 알려진 베르제르그 일족의 공주님이라고 해도, 저희를 너무 얕보는 게 아닌지요?"

기사들의 대장으로 보이는 남자가 살기를 뿜으며 나섰다.

"그런 뜻으로 한 말은 아닙니다만……. 그래도 준비는 됐으니 몇 명이든 얼마든지 덤벼보세요."

그 남자는 아이리스가 방금 한 말을 도발로 받아들였는지 느닷없이 검을 치켜들었고—.

"『엑스테리온』!"

아이리스가 대충 날린 일격이 그가 머리 위로 치켜든 검을 그대로 동강냈다.

"……어?"

그것은 누가 한 말일까.

방금까지 웃거나 화를 내고 있던 기사들은 굳어버렸고 그대로 훈련장의 공기가 얼어붙었다.

"아이리스, 상대방의 검을 못 쓰게 만들어버려서야 훈련
이 안 되잖아. 저쪽에 날을 세우지 않은 훈련용 검이 있으니
까, 그걸 써."

"아! 듣고 보니 그러네요……. 당신의 검을 못 쓰게 만들어
서 정말 죄송해요."

아이리스가 그렇게 말하며 사과하자 방금 아이리스에게
덤벼들려고 했던 남자는—.

"예?! 아, 아뇨. 저기……. 개, 개의치 마시길……?"

……아직도 무슨 일이 일어난 건지 모르겠다는 표정을 짓
고 대답했다.

다들 망연자실한 표정으로 쳐다보는 가운데, 벽 쪽으로
걸어간 아이리스가 거기에 있는 연습용 검을 쥐더니—.

"그럼 여러분, 잘 부탁드립니다!"

환한 미소를 짓고 그렇게 말했다.

"—저, 저기, 이야기를 들어…… 주시겠어요?"

"예. 꼭 듣고 싶습니다."

훈련장 곳곳에는 꼼짝도 못하는 기사들이 널브러져 있었다.

그 중심에는 남의 집에 온 고양이처럼 얌전해진 왕자가
앉아 있었다.

그렇게 날뛰어놓고도 땀 한 방울 흘리지 않고 태연한 표정을 짓고 있는 아이리스가, 엉망이 된 훈련용 검을 지면에 꽂으며 왕자를 향해 미소 지었다.

"이야기를 들어주시는 거군요! 정말 감사해요! 그럼……."

"잠깐만! 나는 이야기를 듣겠다고만 했지, 지원을 해주겠다고 말하지는 않았어! 착각하지 말라고!"

왕자는 가위 바위 보를 진 뒤 실은 삼세판이라고 우기는 것 같은 소리를 했다.

"어이, 아이리스. 지금은 기사들이 기절했잖아. 즉, 보는 사람이 없는 거지. 이 기회에 이 녀석을 확 묻어버리고 돌아가자."

"히익?!"

"아, 안 돼요, 오라버니. 그래선 돈을 받을 수 없잖아요!"

아이리스는 사람으로서 지켜야 할 도리 때문이 아니라 돈을 받을 수 없다는 이유로 부정했다.

내 귀여운 여동생은 쑥쑥 성장하고 있는 것 같았다.

"……10퍼센트만 주겠어."

왕자는 신음하는 목소리로 그렇게 말했다.

"예?"

아이리스가 쳐다보자 왕자는 고개를 들고 다시 말했다.

"10퍼센트! 우선 10퍼센트만 주겠다는 거야. 으, 으음, 확실히 지금까지 쭉 해오던 방어 비용 지원을 갑자기 중단하는 건 좀 그러니까 말이야. 10퍼센트만 줄게!"

"아, 안 돼요! 10퍼센트로는 도저히……."

아이리스는 슬픈 표정을 지었고 왕자는 으스대면서 말했다.

"너는 촌뜨기 주제에 나를 즐겁게 해줬잖아. 그 답례야! 돈을 더 받고 싶으면 나를 더욱 만족시켜봐!"

"알았어요! 그럼 기사들을 더 불러주세요!"

"무, 무슨 소리를 하는 거야! 내 부하들을 더 학대하라는 게 아니라고! 나를 즐겁게 해달라는 소리야!"

아이리스가 뜻밖의 반응을 보이니 왕자는 허둥지둥 말을 바꿨다.

"즐겁게 해달라……. 그, 그럼 제 보물인 프로펠러를 딱 하루만 빌려드리……."

"나를 바보 취급하는 거야?! 그건 어린애들이 가지고 노는 장난감이잖아! 내 말은 그런 뜻이 아니라고!"

왕자는 거친 숨을 내쉬며 호흡을 고른 후 아이리스를 노려보며 말했다.

"내일! 내일 또 여기로 와. 그때는 네가 깜짝 놀랄 상대를 준비해두겠어. 네가 그 녀석에게 이긴다면 예산을 더 추가해줄게. 알았지?!"

왕자는 그렇게 말한 뒤 훈련장에서 나갔다―.

―성을 나선 우리가 숙소로 돌아가고 있을 때의 일이다.

아이리스는 고개를 숙이더니 불쑥 이렇게 말했다.

"오라버니, 겨우 10퍼센트밖에 얻지 못했어요……."

원래 이번 회담은 지금까지의 지원을 유지할 뿐만 아니라, 공세를 펴기 위한 추가 지원을 약속받기 위한 자리다.

하지만 지원이 대폭 삭감되고 말았으니 아이리스는 이렇게 가라앉고 말았다.

아이리스한테는 아무 잘못도 없는데…….

"무슨 소리를 하는 거야. 하루 만에 10퍼센트를 쟁취했잖아. 그럼 이제부터 매일 찾아가면 되겠네. 20일 동안 매일 협박…… 부탁을 하면 당초 지원의 두 배가 될 거야. 그렇게 생각하면 엄청난 성과라고."

내가 그런 말로 위로하자 아이리스는 숙이고 있던 얼굴을 들며 미소를 지었다.

"그렇게 간단한 일은 아닐 것 같지만, 기운이 났어요. 오라버니, 내일도 잘 부탁드려요."

"나만 믿어. 아니, 내일부터는 나도 여러모로 도울게."

이렇게…….

이 날부터, 나와 아이리스의 본격적인 교섭이 시작되었다.

2

"『엑스테리온』!"

"으으으, 말도 안 돼?!"

비명이 훈련장에 울려 퍼졌다.

물론 그 비명은 왕자가 지른 것이다.

"훗, 내 동생을 얕본 것 같군. 겨우 그리폰 따위가 아이리스의 상대가 될 리 없잖아?"

"너, 너, 우리 안에 갇혀 있는 그리폰을 처음 봤을 때는 비겁하다는 둥, 반칙이라는 둥 같은 소리를 해댔었잖아!"

현재 우리의 눈앞에는 한 방에 두 동강이 난 그리폰의 시체가 굴러다니고 있었다.

그리폰.

집채만 한 몸집을 지녔고 날개로 하늘을 날아다니며, 소나 말 같은 것조차 손쉽게 잡아가는 사자의 몸통과 거대한 날개, 그리고 독수리의 머리를 지닌 거대한 몬스터다.

드래곤만큼은 아니지만 수많은 모험가들을 두려움에 떨게 하는 매우 위험한 상대였다.

"오라버니, 해냈어요!"

"그, 그래. 역시 내 동생다워. 잘했어."

아이리스가 환한 미소를 지은 채 쪼르르 뛰어오자, 나는 약간 질린 표정을 지으면서 그녀를 칭찬했다.

"저기, 레비 왕자님. 이제 약속대로……."

"아, 알았어! 지원금을 늘려줄게! 그러니 빨리 그 검을 집어넣어! 나를 향해 그 검을 들지 말란 말이야!"

왕자는 울상을 지으며 그렇게 말했고 아이리스는 안도에 찬 한숨을 내쉬었다.

하지만 왕자가 이어서 한 말을 들은 순간, 그녀의 미소에 그림자가 어렸다.

"하지만 어디까지나 늘려주기만 할 거야. 어제 약속한 것과 합쳐서, 지원금은 이전의 15퍼센트만 주겠어. 자, 오늘은 이걸로……."

"너무 하세요! 하다못해 20퍼센트는 주셔야죠!"

"히익, 나한테 검을 들지 마……. 어, 어이, 다가오지 마! 검이 볼에 닿았잖아! 너, 나를 협박하는 거지?!"

흥분한 아이리스가 무심코 검을 든 채 왕자에게 다가갔으니 저러는 것도 무리는 아니었다.

"협박이라니요. 저는 그저 교섭을……."

"그럼 그 검을 빨리 치워!"

울상을 지은 왕자는 검이 코앞에 있는데도 왕족의 긍지 때문인지 협박에 굴하지 않았다.

그저 망할 꼬맹이에 불과하나 싶었는데 의외로 근성이 있는 걸지도 모르겠다.

하지만 이 왕자는 우리를 촌놈이라 여기며 얕보고 있다.

그렇다면—

"그럼 나와 승부를 할래?"

그 강한 자존심을 자극하면 된다.

"누, 누가 너 따위와—."

"아, 착각하지 마. 내 여동생한테도 이기지 못하는 상대와, 마왕군 간부를 몇 명이나 해치운 내가 전투를 벌일 리 없잖아. 이 나라의 기사는 고사하고 그리폰도 내 상대는 못 되거든. 뭐, 드래곤이라도 끌고 온다면 이야기가 달라지겠지만 말이야."

왕자가 내 말을 듣고 마른 침을 삼키는 가운데, 내 실력을 아는 아이리스가 「이 사람은 대체 무슨 소리를 하는 거지?」라고 말하는 눈길로 나를 쳐다보았다.

그런 눈길로 쳐다보지 마. 나도 마음에 상처를 입는다고…….

"내가 말한 승부는 게임이야. 너도 카지노 대국의 왕자라면 게임을 좋아할 테지?"

어제 나와 아이리스가 숙소로 돌아갔을 때 다크니스는 자신이 모은 왕자에 관한 정보를 우리에게 이야기해줬다.

그 말에 따르면 이 왕자는 게임이나 도박 같은 것을 엄청 좋아한다고 한다.

확실히 이 엘로드는 카지노로 흥한 나라다.

그러니 이 나라의 왕족이 도박을 좋아하는 것은 어찌 보면 당연했다.

"나와 게임으로 승부를 하려고? 그리고 내가 지면 지원금을 늘려달라는 거야?"

"맞아. 도박에는 이겼을 때 따는 돈이 두 배가 되는 더블

업이라는 게 있잖아? 나와 그걸 하지 않겠어?"

왕자는 도박에 대해 잘 아는지 내 의도를 바로 이해했다.

다크니스가 모은 정보에 따르면 왕자는 지는 걸 싫어한다고 했다.

그리고 다크니스는 전투에서는 그다지 도움이 되지 않지만 정보 수집에서는 꽤 도움이 된다는 사실이 판명됐다.

참고로 다른 두 사람 중 한 명은 카지노에서 돈을 전부 날렸고, 다른 한 명은 또 파오리 양식장에 가서 다크니스에게 받은 용돈으로 파오리 잔당 사냥을 했다며 즐거워했다.

이번 일에 그 두 사람은 전혀 도움이 되지 않을테니 한동안 내버려두기로 했다.

왕자는 잠시 동안 생각에 잠긴 후 고개를 끄덕이며 입을 열었다.

"좋아. 내가 지면 지원금을 15퍼센트가 아니라 20퍼센트로 해주겠어. 그런데, 네가 지면 뭘 내놓을 거지?"

아차, 대가를 생각해두지 않았네.

한 국가가 다른 국가에 요청한 지원금이니 그 금액은 막대할 것이다.

그런 거금에 맞먹는 거라면—

"좋아. 그럼 이렇게 하자. 만약 네가 이긴다면 여동생 어깨 안마권을 줄게."

"최선을 다해 안마해드릴게요."

"너, 바보지? 누가 그딴 걸 받는다고 기뻐하겠냐고! 돈 아니면 그에 버금가는 가치를 지닌 걸 내놔!"

돈이 없으니까 이렇게 뜯어내러 온 건데 말이지.

바로 그때, 아이리스는 호주머니에 소중하게 넣어둔 무언가를 꺼냈다.

"저기, 그럼 제가 지면 이 프로펠러를 사흘 동안 빌려드리……."

"그러니까 그딴 장난감은 필요 없다고!"

저 프로펠러는 내가 예전에 준 거구나.

아직도 소중히 간직하고 있었네.

"이익, 너희가 지면 지원금이 제로가 된다는 건 어때? 주는 게 아니라 제로가 되는 거야. 원래 교섭을 빙자한 너희의 억지에 어울려주고 있는 거니까, 이 정도 양보는 해줘야겠어. 앞으로도 매일 오려는 것 같은데, 너희에게 주기로 한 금액이 얼마나 늘어나든, 너희가 한 번이라도 지면 그대로 제로가 되는 거야. 이래도 계속 할 거야?"

왕자는 우리를 도발하듯 히죽히죽 웃었다.

아하, 우리가 한 번이라도 지면 왕자는 그대로 상황을 역전시킬 수 있는 것이다.

나쁘지 않다는 생각이 들었다.

―승부를 할 상대가 나와 아이리스가 아니라면 말이다.

"좋아. 그렇게 하자. 그럼 승부 방식은 내가 정하겠어."

내가 순순히 승부를 받아들이자 왕자는 깜짝 놀란 표정을 지었다.

나는 왕자가 보는 앞에서 지갑 안의 동전 하나를 꺼내고 양손을 등 뒤로 숨긴 다음, 왕자를 향해 두 주먹을 내밀었다.

"승부 방식은 간단해. 100에리스 동전이 어디에 있는지 맞춰봐."

"……정말 순수한 도박으로 승부를 하려는 거야? 너, 바보지? 이제 물릴 수 없어."

왕자는 승부 방식을 듣더니 나를 불쌍하다는 듯 쳐다봤다. 하지만 아이리스는 화들짝 놀라며 입을 열었다.

"그러고 보니 오라버니는 운이 정말 좋으셨죠! 아하, 그렇다면……!"

"……뭐?"

그 말을 들은 왕자의 볼을 타고 땀 한 방울이 흘러내렸다.

하지만 이제 와서 관두겠다는 소리도 할 수 없는지, 내 주먹을 뚫어져라 쳐다본 후—.

"이쪽…… 아니, 이쪽이야! 이쪽 주먹으로 할래!"

왕자는 내 오른 주먹을 손가락으로 가리켰다.

아이리스는 그 모습을 보고 기도하듯 양손을 모아 쥐었다.

그리고 왕자는 히죽거리는 나를 보더니 눈을 치켜떴다.

"유감이지만! 땡~!"

"젠자아아아아아아아앙!"

나는 보란 듯 왕자가 가리킨 주먹을 폈지만 그 안에는 동전이 없었다.

"오라버니, 해내셨군요! 이걸로 20퍼센트! 20퍼센트예요!"

아이리스는 진심으로 기뻐했지만 왕자는 여유 넘치는 표정을 지으며 자신만만한 미소를 지었다.

"겨우 한 번 이겼다고 좋아하지 마. 너희와 다르게, 나는 딱 한 번만 이기면 돼. 내일부터는 정신 바짝 차리라고!"

3

"『세이크리드 라이트닝블레어』—!!"

훈련장 한가운데에 새하얀 번개가 작렬했다.

그것은 빛으로 된 눈부신 격류가 되더니 폭풍과 함께 거세게 몰아쳤다.

""히이이이이이이익?!""

훈련장 구석에 있던 나와 왕자는 머리를 감싸 쥐며 몸을 웅크리고 그대로 비명을 질렀다.

무시무시한 굉음이 잦아든 후 번개가 떨어진 자리에는 거대한 파편이 굴러다니고 있었다.

이 정도면 용사가 최종 보스와의 전투에서 쓸 법한 마법이잖아.

"오라버니, 해냈어요!"

이런 참상을 자아낸 장본인은 환한 미소를 지으며 나를 향해 뛰어왔다.

오늘 아이리스가 싸운 상대는 골렘 무리였다.

그 어떤 거물을 데려오든 1대 1로는 이길 수 없다고 판단한 왕자는 물량작전을 펼쳤지만—.

"잘했어. 역시 내 동생이야. 이런 번거로운 짓 그만하고 예전처럼 원조를 해주는 게 어때?"

"너, 방금 나랑 같이 머리를 감싸 쥐고 비명을 질러대지 않았어? 아무튼, 나한테서 지원금을 얻어내고 싶으면 나와 승부를 해서 계속 이겨봐. 현재 너희가 확보한 예산은 25퍼센트야. 자, 어떻게 할래? 오늘도 나와 승부를 할 거야?"

왕자가 자신만만한 미소를 짓자 나는 아무 말 없이 동전을 꺼냈다.

"흥, 배짱 한 번 좋네! 네가 얼마나 운이 좋은지는 모르겠지만, 나는 카지노 대국 엘로드의 왕족이야. 과연 언제까지 계속 이길 수 있으려나?"

나는 왕자의 말을 들은 뒤 아무 말 없이 동전을 튕겼다.

그리고 그걸 손에 쥔 나는 양손을 등 뒤로 돌렸고—.

"—이걸로 원래 지원금의 30퍼센트를 확보했어. 이대로 가면 약 일주일 안에 원금을 되찾을 수 있을 거야."

"……정말 여러모로 대단하구나. 너의 그 엄청난 운을 이 세상을 위해 쓴다면 좋을 텐데."

왕자에게 승리한 나는 숙소에서 저녁을 먹으며 오늘 있었던 일을 이야기했다.

"카즈마 씨, 카즈마 씨. 내일은 나와 같이 카지노에 가자. 응? 내일 하루 동안 카즈마 님이라고 불러줄게."

"됐어. 그리고 너는 어제 돈을 전부 날려버렸잖아? 오늘은 대체 뭘 한 거야?"

그렇다. 이 녀석은 이 마을에 오자마자 다크니스에게 받은 용돈을 전부 탕진했다.

하지만 아쿠아는 묵직해 보이는 지갑을 자랑하듯 나에게 보여줬다.

"오늘은 모험가 길드에 갔어. 이곳에 오기 전에 아이리스가 몬스터를 퇴치했잖아? 나, 실은 아이리스가 퇴치한 몬스터의 시체에서 비싸게 팔릴 만한 부분을 모아뒀었어."

"너, 아이리스가 쓰러뜨린 몬스터의 비싼 소재를 팔아치운 거야? 어이, 전부 다 내놓으라고는 안 할 테니까 절반은 아이리스에게 넘겨."

내가 지갑을 빼앗으려고 하자 아쿠아는 온몸으로 그 지갑을 감싸면서 방어 태세를 취했다.

"저기, 오라버니. 저는 모험가가 아니니 몬스터의 소재를 팔 수 없어요. 그러니 저 돈을 받지 않아도⋯⋯."

"괜찮아, 아이리스. 이 녀석의 어리광을 받아주기 시작하면 한도 끝도 없거든."

이대로 있다간 돈을 빼앗길 거라고 생각한 아쿠아는 재빨리 몸을 일으키면서 전투 태세를 취했다. 바로 그때, 식사를 마친 메구밍이 입가를 닦고 이렇게 말했다.

"내일은 제가 아쿠아를 돌볼게요. 이대로 내버려뒀다간 카지노에 빚을 질지도 모르니까요."

뭐, 메구밍이라면 아쿠아처럼 도박에 빠지지는 않을 것이다.

"나는 이제 조사할 것도 없는데, 앞으로 어떻게 하지?"

아쿠아는 그 말을 듣더니 뭔가 좋은 생각이 났다는 표정을 짓고 다크니스에게 다가갔다.

"저기, 다크니스. 그럼 내일은 너도 나와 같이 가자. 카지노 경험자로서 이것저것 가르쳐줄게."

"⋯⋯돈이 다 떨어지면 또 나한테서 뜯어낼 생각인 건 아니겠지?"

뜯어낼 생각이었나 보다.

나는 볼을 한껏 부풀리며 항의하는 아쿠아를 무시하고 말했다.

"아무튼 지원금은 나한테 맡겨. 이대로 왕자한테서 왕창 뜯어내겠어."

나는 아이리스와 서로를 쳐다보며 고개를 끄덕인 후, 약간 질린 듯한 다크니스에게 아쿠아를 떠맡겼다.

그리고—.

"유감이지만 또 땡~!"

"또 틀렸어어어어어어어어어어!"

나와 아이리스가 교섭을 빙자해 성에 드나들기 시작한 후로 일주일이 지났다.

아이리스는 싸울 상대가 없어서 승부를 하지 않게 되었다. 결국 나와 왕자는 1대 1로 지원금을 걸고 싸우게 된 것이다.

그 대신 승부를 하루에 두 번 하기로 했다. 동전이 어느 손에 있는지는 맞추는 심플한 도박은 단순한 만큼 왕자의 지기 싫어하는 성격을 확실히 자극하고 있었다.

"오라버니, 해내셨군요! 이걸로 방어 예산을 원상 복귀됐어요! 이제 마왕군과의 전쟁에서 공세를 펴기 위한 지원금을……."

"자, 잠깐! 그건 지원할 수 없어. 방어 비용 지원을 계속하는 건 몰라도, 마왕군을 공격하기 위한 돈을 주는 건 여러모로 문제가 된단 말이야."

이전처럼 순순히 승부에 응할 줄 알았는데, 왕자는 의외로 신중한 자세를 취했다.

"어이. 너, 나한테 진 채로 끝낼 거야? 촌구석 취급하던

나라의 인간에게 카지노 대국의 왕자가 도박으로 깨져놓고,
이대로 순순히 물러날 거냐고."

내가 필사적으로 도발했지만 왕자는 코웃음을 쳤다.

"그런 뻔한 도발에 넘어갈 것 같아? 지금까지 너희의 승
부를 받아준 것은 내가 지더라도 현상유지만 하면 되고, 만
약 이긴다면 공식적으로 지원을 중단할 대의명분이 생기기
때문이야. 하지만 우리나라는 마왕군을 자극하고 싶지 않거
든. 그러니 공세를 펼치기 위한 지원금을 줄 수는 없어."

이 녀석, 단순한 바보 왕자인가 했더니 의외로 만만치 않
은걸.

어쩔 수 없지. 이렇게 되면 트릭을 밝히는 수밖에 없겠어.

"진짜로 괜찮겠어? 다음에는 이길 수 있을지도 모르잖아?"

"헛소리 하지 마. 이렇게 연패를 했는데 느닷없이 이길 수
있을 리 없잖아? 내가 누구인지 알고 그딴 소리를 하는 거
야? 카지노 대국의 왕자……라, 고……?"

냉정하던 왕자의 얼굴이 멍해지더니 그는 곧 입을 쩍 벌렸다.

그의 시선은 아무것도 없는 내 오른손 손바닥을 향하고
있었다.

참고로 왕자는 방금 승부에서 내 왼손에 동전이 있다고
말했다.

"오라버니, 혹시 첫 승부 때부터 어느 쪽에도 동전이 없었
던 건가요?"

왕자만큼은 아니지만 꽤 놀란 표정을 짓고 있는 아이리스에게—.

　"그래. 아이리스는 똑똑하니까 내가 처음에 이 승부를 하자고 했을 때 뭐라고 말했는지 기억하지?"

　"예? 으음…… 「승부 방식은 간단해. 100에리스 동전이 어디에 있는지 맞춰봐」라고 말씀하셨…… 아!"

　"아앗!"

　왕자도 아이리스의 말을 듣고 감이 온 것 같았다.

　"그래. 나는 처음에 이렇게 말했어. 동전이 어디에 있는지 맞춰보라고 말이야. 그리고 양손 중 어느 쪽에 있다고는 말하지 않았어. 그저 동전이 어디 있는지 물어봤을 뿐이라고. 그리고 바로 그 동전은…… 바지 뒷주머니 안에 있었습니다!"

　"와아! 대단해요, 오라버니! 이런 약아빠진 짓은 이 세상 그 누구보다도 잘하신다니까요!"

　아이리스가 눈을 반짝이며 그렇게 말해서 나는 무심코 물어봤다.

　"그거, 칭찬이지?"

　"예, 물론 칭찬이죠."

　아이리스가 그렇게 말하고 빙긋 웃자, 나는 방금 그 말은 절대 칭찬이 아니라 생각했다. 바로 그때—.

　"이, 이 자시이이이익! 감히 나한테 속임수를 써?! 왕족이라는 자가 그런 짓을 하는 게 부끄럽지 않은 것이냐?!"

"하나도 부끄럽지 않거든?"

왜냐면 나는 왕족이 아니라고…….

왕자는 내 태도를 보더니 씩씩 거리면서 이렇게 말했다.

"……크윽, 촌놈들은 이래서 문제라니까! 뭐, 좋아. 카지노 대국의 왕자면서 그런 속임수도 꿰뚫어보지 못한 나한테도 잘못은 있으니까 지원을 취소하지는 않겠어."

왕자는 결국 내 도발에 넘어오지 않았다.

"나를 아무리 도발해봤자 소용없어. 방어를 위한 지원은 계속하겠지만, 추가적인 지원은 절대 안 해. ……솔직히 말하자면, 방어 비용 지원을 중단해야 한다는 말을 꺼낸 사람은 바로 러그크래프트지. 나는 촌구석 아가씨와 결혼하는 게 싫어서 그의 제안을 받아들인 것뿐이야. 뭐, 결국 이기지 못해서 아쉽지만, 그래도 즐거웠어."

왕자는 일방적으로 그렇게 말했다.

"그럼 잘 가. 너희가 마왕을 쓰러뜨리길 빌겠어."

그리고 그는 뜻밖의 말을 하면서 우리에게 빨리 나가라고 했다.

"─그렇게 됐으니까, 그 망할 꼬맹이에게 뜨거운 맛을 보여줄까 해."

"음. 카즈마, 말 잘했다. 돈 버는 재주밖에 없는 엘로드의 인간 따위에게 우리 베르제르그가 모욕을 당했으니 말이다!

아이리스 님을 모욕한 그 꼬맹이를 갈기갈기 찢어주자꾸나!"

숙소로 돌아온 나는 방에 틀어박힌 아이리스 몰래 다크니스 일행에게 아까 있었던 일을 이야기해줬다.

"저도 반대할 생각은 없어요. 왕성 공략이든 뭐든 맡겨만 주세요. 말단 부하라고 해도, 제 동료가 바보 취급을 당했잖아요. 이런 상황에서 가만히 있어선 홍마족이라 할 수 없죠."

"뭘 하려는 건지는 모르겠지만, 아이리스 덕분에 몬스터의 소재를 손에 넣을 수 있었잖아. 무시무시한 짓을 할 거라면 협력해줄 수도 있어."

평소와 달리 의욕이 넘치는 두 사람과, 의욕이 있는 건지 없는 건지 분간이 안 되는 한 사람에게—.

"그 망할 꼬맹이, 나를 얕본 걸 후회하게 만들어 주겠어……!"

나는 지원금을 받지 못했을 때를 대비해 이전부터 생각해 왔던 계획을 이야기해줬다—.

4

—아침이 되고 창문을 통해 햇빛이 쏟아져 들어왔다.

부드러운 햇살이 어둑어둑하던 방 안을 비추기 시작했다.

그런 기분 좋은 아침이 찾아왔는데도 우리의 기분은 바닥을 치고 있었다.

"내보내줘! 대체 우리의 죄목이 뭔데?! 뭐냔 말이야! 이건 부당 체포야!"

아쿠아는 아침부터 고함을 질러대며 쇠창살을 두들겨댔다.

그렇다. 우리는 현재 감옥 안에 있었다.

완벽하다고 생각했던 내 계획은 실패로 끝났다.

지금은 전원이 무기를 빼앗긴 채 경찰서 구치소에 갇혀 있었다.

구치소는 돌로 만들어져 있지만 따뜻한 시기라 그런지 그렇게 춥지는 않았다.

감옥 또한 돌로 되어 있으며 쇠창살이 설치된 감옥 안에는 날뛰는 죄수를 묶어두기 위한 쇠사슬과 낡은 화장실만 있었다.

어찌된 영문인지 볼이 빨개진 다크니스는 감옥 안에서 꼼짝도 하지 않고 무릎을 꿇은 채 그 쇠사슬을 쳐다보고 있었다. 솔직히 말해 엄청 신경 쓰였다.

한편, 감옥 앞에서 서류를 쓰고 있던 간수는 아쿠아의 말을 듣더니 질린 표정을 지으며 입을 열었다.

"죄, 죄목이 뭐냐고……? 그런 뻔뻔한 소리를 할 줄은 몰랐는데……. 너희는 도시 주변에서 그렇게 굉음을 내는 대마법을 써놓고 혼나지 않을 거라 생각한 거냐?"

메구밍은 감옥의 쇠창살을 양손으로 움켜쥐며 말했다.

"제가 살고 있는 마을에서는 마을 주변의 지형이 달라지

니까 좀 더 떨어진 곳에서 쓰라는 경고만 들었어요. 도시 근처에서 겨우 한 번밖에 쓰지 않았잖아요. 정말 이 나라 사람들은 속이 좁군요."

"야 이 멍청아! 너희 나라 사람들이 이상한 거라고! 이 도시 사람들은 전쟁이라도 일어났나 싶어서 자다가 벌떡 일어났단 말이다!"

간수는 또 지당한 소리를 했다.

"좀 있으면 검찰관이 올 거다. 변명은 그 사람한테 해. 뭐, 한밤중에 마법을 써서 주민들을 깨웠을 뿐이라 심한 벌을 받지는 않겠지. 아마 벌금형 정도로 끝날 테니, 떠들지 말고 얌전히 있어."

간수는 그렇게 말했고 우리는 아무 말 없이 감옥 안에서 검찰관이 올 때까지 기다렸다.

—어젯밤. 이 도시의 사람들이 잠들었을 즈음, 우리는 문지기에게 들키지 않도록 몰래 도시 밖으로 나갔다.

처음에는 성 안이 좀 시끌벅적해지면 된다고 생각했기 때문에, 다른 이들에게 도시 밖에서 소동을 일으켜달라고 부탁했다.

하지만 메구밍이 느닷없이 조그마한 언덕만 있다면 폭렬마법의 폭발음이 성까지 들리게 할 수 있다는 영문 모를 소리를 했고, 일단 그 제안을 채용했다.

도시 밖에서 마법을 사용하여 혼란을 일으킨 다음, 그 틈을 이용해 내가 혼자서 성에 잠입한다.

그리고 왕자의 침실에 침입한 후 그의 베갯머리에 나이프와 편지를 두고 간다.

그 편지에는 이렇게 적혀 있다.

『어리석은 인간이여. 중립을 선언한다고 해서 우리가 눈감아줄 거라고 생각하지 마라. 지긋지긋한 베르제르그가 멸망한 다음에는 바로 너희 차례다!』

―라고 말이다.

우리 마왕군은 중립 따위는 받아주지 않는다는 분위기를 자아내서 엘로드가 베르제르그의 편에 서게 하는 것이다.

그야말로 완벽한 사기다.

이렇게 하면 위기감을 느낀 그 왕자가 우리에게 협력해줄지도 모른다.

그렇게 생각하며 이 일을 벌였지만―.

해가 뜨고 건물 밖에서 사람들이 웅성거림이 들려올 즈음, 그 여성은 나타났다.

바늘 하나 들어갈 틈도 없는 듯한 몸가짐, 수완가라고 말하는 듯한 단정한 외모, 그리고 붉은 머리카락을 포니테일 스타일로 묶은 눈매가 날카로운 여성이었다.

나는 액셀 마을에서 만났던 세나라는 검찰관을 떠올렸다.

그 사람도 이렇게 무시무시한 인상이었는데 지금은 잘 지내고 있을까.

항간의 소문에 따르면 어떤 사건을 해결해서 왕도 검찰관이 되었다고 하던데…….

상의를 벗어서 벽에 걸어두고, 홍차 같은 것을 준비한 그 여성은 감옥 안에 있는 우리를 힐끔 쳐다보며 간수를 향해 시선을 보냈다.

우리가 누구인지 묻는 것 같았다.

"심야에 마을 밖에서 폭렬마법이 사용되어 서둘러 현장에 가봤더니, 언데드에게 쫓기고 있는 이 자들을 발견했습니다. 이런 시간에 일부러 마을 밖에 나가 언데드 퇴치를 하기 위해 폭렬마법을 쓴 것처럼 보이지는 않아서 이렇게 체포했죠. 보고서는 저쪽에 있습니다."

간수는 그렇게 말하고 서류가 놓여 있는 테이블을 손가락으로 가리켰다.

감옥 밖에는 융단이 깔려 있었고 테이블과 함께 의자와 소파도 놓여 있었다.

여기가 경찰의 범죄자 수용 시설이라는 게 솔직히 믿기지 않았다.

내 시선을 통해 무슨 생각을 하는지 눈치챈 검찰관이 홍차를 한 모금 마시며 입을 열었다.

"이곳은 카지노로 번성한 엘로드입니다. 원래 흉악한 범죄자가 올 도시는 아니죠. 굳이 따지자면 이곳은 재산을 탕진

해서 여관에 묵을 돈도 없는 사람이나 술에 취한 관광객이 길바닥에서 자다 얼어 죽는 것을 방지하기 위한 보호시설 같은 겁니다. ……자, 그럼 한 명씩 이야기를 해보시죠."

그렇게 말한 검찰관은 차가운 눈빛을 띠었다.

의도적인 건지는 모르겠지만 취조는 우리가 갇힌 감옥 앞에서 당당하게 이뤄졌다.

좁은 취조실로 연행하지도 않고 융단 위에 놓인 테이블에서 취조를 하려는 것 같았다.

취조를 당하는 인간 뒤편에 선 간수는 죄인이 수상한 행동을 취하면 바로 제압하려는 것 같았다.

취조를 한 명씩 따로 하는 것은 죄인들이 정보를 공유하지 못하게 해서 말을 맞추는 것을 방지하기 위해서일 텐데, 왜 이런 식으로 하는 걸까?

그런 내 의문은 검찰관이 어떤 아이템을 꺼낸 순간 바로 해소됐다.

"그럼 이야기를 들어볼까요. ……참고로 말씀드리자면, 이건 누군가가 거짓말을 하면 소리가 나는 마도구입니다. ……그러니 말을 맞추려고 해봤자 소용없어요."

검찰관을 그렇게 말하더니 테이블 위에 조그만 벨을 올려놓았다.

그 후 깍지를 끼고 눈앞에 있는 인물을 날카로운 눈길로 쳐다보았다.

"······음, 이래 봬도 나는 크루세이더다. 내가 믿는 에리스 님의 이름을 걸고, 이 자리에서 거짓말을 하지 않겠다고 맹세하마."

······그렇다. 볼을 붉힌 채 기대에 찬 눈빛을 뿜고 있는 다크니스를 말이다.

검찰관은 「좋습니다」라고 작은 목소리로 말했다.

그리고 서류를 쳐다보면서 다시 입을 열었다.

"직업은 크루세이더. 종교는 에리스교······. 그럼 우선 이름을······."

"묵비권을 행사하겠다."

다크니스는 딱 잘라 그렇게 말했다.

"······예?"

검찰관은 반사적으로 고개를 들더니 미심쩍은 눈길로 다크니스를 쳐다보았다.

"묵비권을 행사하겠다고 말했다. 내 이름을 알고 싶다면 고문이든 심문이든 뭐든 다 해봐라! 하지만 긍지 높은 더스티네스 가문의 이름을 걸고, 간단히 입을 열지는 않겠다!"

"더스티네스 씨군요. ······으음, 고문이나 심문 같은 건 안해요. 그런 구시대적인 짓을 하지 않더라도, 마법을 통해 얼마든지 진위를 알 수 있으니까요. 안심하세요. ······더스티네스 가문. ······그 유명한 더스티네스 가문? ······설마······. 하지만, 벨이 울리지 않는데······."

검찰관은 미심쩍은 눈길로 벨을 쳐다보며 혼잣말을 중얼거렸다.

……이거, 내가 혼자서 자초지종을 설명하는 편이 낫지 않을까.

앞으로 벌어질 일이 얼추 상상이 된 내가 검찰관을 동정하고 있을 때—.

"그럼 더스티네스 씨. 당신들은 왜 그런 곳에서 마법을 쓴 거죠?"

"묵비권을 행사하겠다. 내 대답을 듣고 싶다면 강제로라도 실토하게 만들어봐라."

다크니스는 끝까지 취조에 응하지 않았다.

정말 성가신 민폐 덩어리다.

"……찔리는 구석이 있기 때문에 묵비권을 행사하는 거라고 여겨도 될까요? 아까는 구시대적인 방법을 쓰지 않는다고 말했지만, 여기에도 그럴 경우에 쓰는 도구가 있습니다. 그것들을 쓸 생각은 없지만 말이죠. 이렇게까지 하지 않아도 형량은 그렇게 많지 않아요. 고집 부리지 말고 순순히 대답하는 편이 좋을 겁니다. 피의자가 중대한 무언가를 숨기고 있다고 판단되면 고문도 허용되니까요. 경솔한 짓은……."

"바라는 바다! 가능하면 가장 혹독한 고문을 해다오!"

다크니스가 그 말을 반기듯 몸을 앞으로 쑥 내밀면서 그렇게 외치자, 검찰관은 몸을 뒤쪽으로 젖히고 질린 표정을 지었다.

그리고 그녀는 테이블 위에 놓인 벨을 쳐다보았다.

……물론 울리지 않았다.

검찰관은 울리지 않는 벨을 보더니 더욱 질린 표정을 지었다.

"……저기, 이제 됐어요. ……다음 사람!"

"—맙소사……. 잡혀서 심문이나 고문을 당한다는 시추에이션은 내 인생에서 두 번 다시 없을 텐데, 이렇게 허무하게 끝나버리다니……."

"인마, 자기 성적 취향으로 남에게 민폐 좀 끼치지 말라고."

다음 차례인 메구밍과 교대하듯 풀이 죽은 다크니스가 감옥 안으로 들어왔다.

약간 지친 표정을 짓고 있는 검찰관이 왠지 불쌍해보였다.

메구밍이 의자에 앉자, 검찰관은 마음을 다잡듯 굳은 표정을 지으며 다시 깍지를 꼈다.

"……자, 당신이 바로 폭렬마법을 쓴 사람이군요. 직업은 아크 위저드 맞죠? 그럼 우선 이름을 알려주겠어요?"

"메구밍이라고 해요."

검찰관은 굳은 표정은 풀지 않은 채 이렇게 말했다.

"……방금, 뭐라고 했죠?"

"메구밍이라고 말했어요."

검찰관은 메구밍의 말을 듣더니 벨을 힐끔 쳐다보았다.

⋯⋯물론 울리지 않았다.

그 모습을 본 메구밍이─.

"어이, 내 이름에 대해 뭔가 할 말이 있다면 얼마든지 말해봐라."

"아, 아뇨! 없어요! 실례했습니다."

검찰관은 그 말을 듣고 화들짝 놀라더니 허둥지둥 그렇게 말했다.

"그럼 왜 그런 무시무시한 마법을 한밤중에 사용한 것인지 이야기해주겠어요?"

"저는 1일 1폭렬이라는 걸 일과로 삼고 있어요. 액셀 마을에서 지낼 때는 마을 안에서 축제용 불꽃 대신 사용한 적도 있어요."

메구밍은 그렇게 말했고 검찰관은 딱딱하게 굳어버렸다.

그리고 또 벨을 쳐다봤지만 물론 울리지 않았다.

메구밍의 발언은 질문에 대한 대답이 아니었지만 검찰관은 1일 1폭렬 쪽에 흥미가 생긴 것 같았다.

"⋯⋯1일 1폭렬이라는 걸 하지 않으면 당신은 대체 어떻게 되죠?"

"상상도 하고 싶지 않아요. 어쩌면 펑 할지도 모르죠."

펑 한다는 게 대체 무슨 소리일까.

검찰관도 나와 같은 생각을 하고 있는 것인지, 울리지 않는 벨을 쳐다보면서 작은 목소리로 뭔가를 중얼거렸다.

애초에 저 벨은 왜 울리지 않는 걸까.

혹시 진짜로 펑 하는 건가?

"그럼 질문을 바꾸죠. 한밤중에 폭렬마법을 사용한다고 하는 행위를 당신은 어떻게 생각하죠? 그걸 나쁜 짓이라고 생각하지 않는 겁니까?"

"예. 나쁜 짓이라고 생각하지 않아요. 왜냐면 저는 전생에 파괴신이었던 게 틀림없으니까요. 그러니 저에게 있어 파괴 활동은 올바른 짓이에요."

영문 모를 소리를 해대는 메구밍에게서 눈을 뗀 검찰관이 벨을 쳐다보았다.

물론 울리지 않았다.

……저 벨, 혹시 고장 난 거 아닐까?

"어이, 아쿠아. 너, 오늘은 정말 한눈에 반해버릴 만큼 아름답네."

"어머어머, 갑자기 무슨 소리를 하는 거야~? 카즈마, 뭐 잘못 먹었어? 얼마 전에 우리가 헌팅당하는 걸 보고 실은 질투를 했……."

딸랑~.

아쿠아가 말을 이으려던 순간 느닷없이 테이블 위에 놓인 벨이 울렸다.

"……취조를 방해하지 말아주세요."

"죄송합니다. 벨이 고장 난 건 아닌가 신경 쓰여서요.

……우왓! 하지 마! 왜 칭찬을 해줬는데 이렇게 목이 졸려야 하는 거냐고! 너도 저번에 벨이 고장 났는지 확인해보려고 비슷한 짓을 했었잖아!"

내 목을 조르는 아쿠아를 떼어내고 있을 때, 벨이 울리는 걸 보고 안도한 듯한 검찰관이 입을 열었다.

"그럼 질문을 하나 더 하겠습니다. 왜 한밤중에 폭렬마법을 쓴 거죠?"

검찰관은 조금 부드러운 태도를 취하면서 메구밍에게 물었다.

"그게 제 삶이기 때문이에요."

검찰관은 그 말을 듣고 또 딱딱하게 굳어버렸다.

그녀의 시선은 또 벨을 향했다. 하지만—.

"…………으음, 다음 사람……."

울리지 않는 벨을 본 검찰관은 고개를 푹 숙인 채 지긋지긋하다는 목소리로 그렇게 말했다.

"—내 이름은 아쿠아야. 이 파티의 리더이자 다른 세 사람의 보호자 역할이지."

아쿠아는 그렇게 말했고 감옥 안에 있는 우리 셋은 화들짝 놀라며 그녀를 쳐다보았다.

정확하게는 아쿠아의 앞에 놓인 거짓말을 탐지하는 벨을 보았다.

"아쿠아 씨……군요. 물의 여신님과 이름이 같네요."

벨이 울리지 않자 검찰관은 그렇게 말했다.

……어?

"어이, 저 마도구는 왜 울리지 않는 거야?"

"본인이 진실이라고 믿고 있다면 그건 거짓말이 아니다. 메구밍이 이상한 소리를 했을 때도 벨이 울리지 않았던 것처럼 말이지."

"어이, 내가 무슨 이상한 소리를 했다는 건지 말해보실까."

다크니스의 말이 사실이라면 저 바보는 진짜로 자기가 우리의 보호자라고 생각하는 건가?

그렇다면 확 쥐어박아주고 싶은걸…….

"그럼 묻겠습니다. 왜 당신들은 한밤중에 그런 짓을 벌인 거죠?"

"우리 일행이자, 항상 발정기인 카즈마라는 저 남자가 우리가 눈을 뗀 틈에 이 도시 사람들을 덮치지 않을까 걱정되더라구. 그래서 저 녀석을 끌고 도시 밖으로 나간 거야."

저 녀석, 아까 내가 벨이 고장 난 건 아닌지 알아보려고 했던 말에 앙심을 품고 이딴 소리를 하는 건가.

그것보다 아까 우리의 리더이니 보호자니 같은 발언은 다크니스가 말한 것처럼 자기가 진짜로 그렇게 믿고 있거나, 항상 제정신이 아니라서 한 거라고 생각했는데…….

검찰관이 무심코 벨을 쳐다봤지만 어찌된 영문인지 이번

에도 벨이 울리지 않았다.

그러자 검찰관은 경멸이 어린 시선으로 나를 쳐다보았다.

······바, 방금 저 녀석이 한 말은 사실이 아니에요.

그런데 저 벨은 진짜로 고장 난 걸까?

"으음, 그럼······. 당신들은 왜 한밤중에 폭렬마법을 사용한 거죠······?"

"몰려오는 몬스터 무리로부터 이 도시를 지키기 위해서야. 그래. 나는 저 세 사람과 함께 한밤중에 몰래 이 마을을 지켰어!"

아쿠아는 당치도 않은 거짓말을 했지만 역시 벨은 울리지 않았다.

그걸 본 검찰관은 질릴 대로 질린 표정을 지었다.

"······거짓말을······ 하는 것 같지는 않군요. 맙소사······. 이 마을을, 지켰다고요······?"

검찰관은 죄송해 하는 표정을 지으며 아쿠아를 진지한 눈길로 쳐다보았다.

그녀는 자세를 바로 하더니 아쿠아를 쳐다보고 이렇게 말했다.

"이 도시를 대표해, 감사 인사를 드리겠습니다. 아쿠아 님이라고 하셨죠? 직업은 아크 프리스트 맞으신가요?"

검찰관이 그렇게 말한 순간, 아쿠아는 갑자기 벌떡 일어섰다.

그리고―!

"후훗, 아크 프리스트는 내 진짜 정체를 숨기기 위한 위장이야! 나는 진짜 물의 여신! 여신 아쿠아, 본인이라구!"

아쿠아는 그렇게 말했고 우리와 검찰관뿐만 아니라 간수까지 벨을 쳐다보았다.

……벨은 울리지 않았다.

그걸 본 검찰관은 한숨을 내쉰 뒤 중얼거렸다.

"뭐야, 고장 났잖아……."

"왜 안 믿어주는 거야~!"

날뛰려고 하다가 간수한테 제압당한 아쿠아가 감옥에 다시 집어넣어졌다.

세 사람의 취조를 마친 검찰관은 벨을 치우라고 간수에게 지시한 후, 지친 표정을 하고 자신의 미간을 손가락으로 주물렀다.

……안 됐네.

나는 그런 검찰관을 동정하면서 아쿠아에게 작은 목소리로 물어보았다.

"어이, 아까 왜 벨이 울리지 않은 거야? 혹시 벨을 울리지 않게 하는 마법이라도 쓴 거야?"

아쿠아는 내 말을 듣더니―.

"저 벨을 사람이 거짓말을 할 때 품는 부정적인 기운을 감지해. 하지만 나는 여신이잖아. 다소 거짓말을 한다고 부정적인 기운이 발생할 리 없어. 설령 발생하더라도 내 성스러운 오라 때문에 바로 지워질 거야. 그런데도 감지되려면 양심이 찔릴 정도로 엄청난 거짓말이어야 할 걸?"

—하고 태연한 목소리로 말했다.

이 녀석은 정말 때때로 여신의 능력을 발휘한다니깐.

상황이 호전되는지 악화되는지는 제쳐두고 말이다.

"……어? 그럼 심한 거짓말을 하지 않는 한 반응하지 않는 다는 거야? 너, 일전에 저택에서 나를 칭찬했을 때는 바로 울렸잖아. 그렇다면……."

"그럼 마지막 사람. ……나오세요."

내가 당시의 상황을 떠올리면서 아쿠아에게 따지려고 했을 때, 지칠 대로 지친 불쌍한 검찰관이 그렇게 말했고 그녀의 앞까지 안내되었다.

"—실례했습니다! 그 유명한 더스티네스 가문이나 심포니아 가문과 인연이 있는 분이신 줄 몰랐습니다!"

검찰관은 내 앞에서 태도를 싹 바꿨다.

내가 다크니스와 클레어에게 받은 펜던트를 보여주자 검찰관 누님은 연신 사과를 해댔다.

"아, 괜찮아요. 우리가 늦은 시간에 폭렬마법을 사용한 건 틀림없는 사실이니까요. 하지만……. 우리가 그런 짓을 한 데에는 말 못할 이유가 있어요. 우리나라와 당신네 나라는 동맹국이자 우호국이잖아요? 이번에는 사정이 있어서 몰래 온 거니, 일을 크게 만드는 건 좀……."

"예. 알고 있습니다. 알고 있고말고요! 까딱하면 외교문제가 되겠죠! 자세한 이유는 묻지 않겠습니다!"

역시 귀족님의 권력은 대단했다.

나는 검찰관조차 입을 다물게 만드는 멋진 아이템을 손에 넣고 만 것이다.

"그럼 우리는 이만 돌아가 봐도 될까요?"

검찰관은 그 말을 듣더니 안도 섞인 미소를 지었다.

검찰관은 구치소 입구까지 우리를 배웅했다.

바로 그때—.

"저기~. 아까 고장 났다고 하셨던 마도구 말인데, 멀쩡한 것 같은데요? 일단 교체하기로 했는데……. 어이, 이건 교체할 거니까 창고에 넣어둬."

아까 그 간수가 검찰관에게 귓속말을 하고 다른 간수를 불렀다.

그러자 검찰관은 고개를 갸웃거렸다.

하지만 아쿠아가 여신이라는 걸 밝히는 것도 좀…….

내가 그런 생각을 하고 있을 때 검찰관이 나를 힐끔 쳐다보았다.

"……확인 삼아 묻겠습니다. 아까 저 푸른 머리카락의 여성이 했던 발언 말입니다만……. 항상 발정기인 당신이, 그녀들이 눈을 뗀 틈에 이 도시의 사람들을 덮치려고 한다는 건……."

"거짓말이에요! 그건 전부 거짓말이라고요!"

내가 그렇게 말하자 검찰관은 나와 은근슬쩍 거리를 뒀다.

"그, 그런가요. 아무튼, 더는 아무 말도 하지 않겠습니다……."

검찰관은 나와 약간 거리를 두면서 그렇게 말했고 다크니스는 내 어깨를 두드리며 입을 열었다.

"저, 저기……. 우리는 너를 신뢰하고 있다. 내가 무방비한 상태로 너와 단둘이 있게 되더라도, 너는 아무 짓도 하지 않을 거라고 생각한다. 우리가 믿어주면 그걸로 충분하지 않느냐."

딸랑~.

다크니스가 그렇게 말한 순간, 건물 안쪽에서 무슨 소리가 들렸다.

검찰관은 그 소리를 듣더니 나한테서 한 걸음 더 떨어졌다.

"카즈마가 그런 짓을 할 거라고는 아무도 생각하지 않아요. 카즈마가 불침번을 설 때면 경계하지 않고 깊이 잠들었죠."

딸랑~.

……검찰관은 한 걸음 더 나한테서 떨어졌다.

그리고 눈치 없는 녀석이 주먹을 말아 쥐면서—!

아, 그래도 이 녀석은 괜찮을 거야. 심각한 거짓말을 하지 않는 한, 부정적인 기운은 발생하지 않는다고…….

"나는, 나는 카즈마를 믿어! 카즈마는 전혀 엉큼하지 않고, 다크니스를 보쌈하려고 한 적도 없으며, 실은 매우 상냥한 마음을 지닌 청렴결백한 사람이라는 걸 믿어 의심치 않아! 내가 아까 한 말은 전부 거짓말이야!"

딸랑~, 딸랑~, 딸랑~, 딸랑~.

"딸랑딸랑, 거 되게 시끄럽네! 다들 나를 그렇게 생각했던 거냐! 하지만 나도 어느 정도는 인정을 하고, 반성도 하고 있으니까, 이제 그런 소리 하지 마! 잘못했습니다!"

5

우리가 숙소로 돌아가 보니 아이리스가 울먹거리며 우리를 맞이했다.

"오라버니, 무사하셨군요! 여러분이 잡혔다는 이야기를 들었을 때는 전쟁을 각오하며 여러분을 탈옥시킬 수밖에 없다고……."

"잠깐, 좀 진정해. 그리고 걱정하지 마. 우리는 아무 짓도 당하지 않았어!"

무시무시한 소리를 한 무투파 왕녀님께서는 곧 마음을 진정시켰다.

"그런데 대체 왜 오라버니 일행이 잡혀간 거죠? 숙소 종업원 분한테서 오라버니가 잡혀갔다는 이야기는 들었지만, 자초지종은 듣지 못했어요……."

그녀 몰래 일을 벌이기는 했으나 아이리스는 머리가 좋으니 이대로 입을 다물고 있더라도 결국 진실을 알아낼 것이다.

뭐가 어떻게 된 건지 내가 설명해주자 아이리스는 고개를 숙인 채 꼼짝도 하지 않았다.

그 모습을 본 다크니스가 용서를 구하듯 머뭇머뭇 손을 내밀었다.

"아, 아이리스 님……? 저기, 카즈마와 함께 멋대로 이런 일을 벌인 건 사과드리겠습니다. 하지만 이건 전부 아이리스 님을 위해서……."

"……심해요……."

아이리스는 다크니스의 말에 대답하지 않고 혼잣말을 중얼거렸다.

"……아이리스 님?"

다크니스가 그렇게 말했고―.

"……한심해요."

아이리스는 우리에게 들릴 정도의 목소리로 그렇게 말했다.

다크니스는 그 말을 듣자마자, 평소의 바보 같은 발언과 행동은 어디다 버리고 온 것처럼 아이리스의 앞에서 공손히 무릎을 꿇고 고개를 숙였다.

"아이리스 님, 죄송합니다. 이 일은 전부 제 부덕의 소치입니다. 부디……."

아이리스는 손을 내밀어서 다크니스의 말을 막고 이렇게 말했다.

"한심한 사람은 여러분이 아니라 바로 저예요. 교섭 때 별 도움이 못된 걸로 모자라, 결국 오라버니에게 떠맡기고 말 았죠……. 그리고 원래 제 임무인 추가 지원을 거절당하자 방에 틀어박혀 있었어요. 아무것도 하지 않았으면서……."

아냐. 아이리스는 충분히 최선을 다했어.

아이리스가 이렇게 강하지 않았다면 승부 자체를 못했을 거야.

내가 그런 생각을 하고 있을 때 아이리스는 고개를 저으며 입을 열었다.

"제가 훌쩍거리고 있는 동안, 라라티나와 오라버니는 최선을 다해 주셨어요. 원래 제가 했어야 하는 일을 대신 해 주셨죠."

아냐. 한 나라의 왕녀님이 그런 짓을 하면 안 돼.

이런 태클을 아이리스에게 날릴 수는 없었다.

바로 그때, 아이리스는 옆에 세워뒀던 검을 쥐더니 아직도 무릎을 꿇고 있는 다크니스를 향해 말했다.

"더스티네스 포드 라라티나. 지금 바로 왕성으로 향하겠어요. 저를 따라오세요."

"아, 아이리스 님?"

풀 네임으로 불린 다크니스는 깜짝 놀란 표정을 짓고 고개를 들었다.

아이리스의 얼굴을 본 다크니스는 볼을 붉힌 후 마치 진짜 기사처럼 고개를 깊이 숙였다.

"그리고 레비 왕자님께 추가 지원금을 요청하겠어요. 그래요……"

눈앞에 있는 이는 내가 처음 만났을 적의 아이리스가 아니었다.

그리고 내가 아는, 잘 울고, 잘 화내고, 무슨 일에든 흥미를 보이는 아이리스도 아니었다.

"용사의 후예로서 그 명성을 만천하에 떨친 베르제르그 일족의 이름을 걸고, 그 어떤 수단을 쓰는 한이 있어도 반드시 목적을 달성하고 말겠어요!"

"역시 아이리스 님! 이 라라티나, 무슨 일이 있어도 아이리스 님을 지켜내겠습니다!"

이 자리에 있는 이는 위대한 용사의 후예다.

사투를 예감하며 푸른 눈동자를 투지로 가득 채운, 무투파 왕녀가 내 눈앞에 서 있었다.

─성으로 이어지는 큰길.

아이리스가 그 길을 당당하게 걸으며 나아가자, 길을 가던 사람들이 자연스레 옆으로 비켜섰다.

"어이, 카즈마! 아이리스 님을 잘 보거라! 아아, 내가 모실

주군께서 이렇게 고결하고 늠름한 모습을 보여주시다니……. 나라를 지키는 귀족으로서, 이것보다 기쁜 일은 없을 거다!"

아이리스가 좋아죽는 흰색 정장, 클레어 같은 소리를 하는 다크니스가 아이리스의 반걸음 뒤편에서 걸으며 평소와 다른 의미로 하악하악거리고 있었다.

"확실히 아이리스는 멋지지만, 너의 그 못난 모습이 멋진 분위기를 다 갉아먹고 있어. 너도 일단은 아이리스의 호위니까 표정 관리 좀 해."

내가 태클을 날리자 다크니스는 분하다는 듯 입술을 깨물었다. 하지만 그녀도 자신이 어떤 꼬락서니인지 알고 있는지 표정을 굳혔다.

그런 다크니스에게—.

"그런데 아이리스는 무슨 생각이 있긴 한 거야? 어떤 수단을 써서라도 목적을 달성하겠다고 말하던데, 혹시 이대로 왕성에 쳐들어가서 보물고라도 털려는 걸까?"

"무례한 놈, 말도 안 되는 소리 하지 마라! 아이리스 님이 그런 짓을 하실 리가 없지 않느냐! ……수단방법을 가리지 않는다고 했지만, 방법이 아예 없는 것은 아니다. 원래 베르제르그라는 나라가 생긴 지 얼마 안 되어서 돈이 없던 시절에 자주 쓰던 방법인데……."

그런 방법이 있다면 미리 가르쳐달라고.

내가 그렇게 말하려고 한 바로 그때였다.

"아이리스 공주님, 무슨 일이십니까? 왕자님께 앞으로 아이리스 공주님과 공주님의 관계자를 성에 들이지 말라는 지시를 받았으니, 부디—."

"『엑스테리온』!"

아이리스는 성 앞에 도착하자마자 우리를 막아서는 병사를 무시하면서 성문을 향해 강력한 일격을 날렸다.

튼튼하기 그지없는 성문이 한 방에 찢겨나가고 묵직한 소리를 내면서 그대로 무너졌다.

"아이리스 공주님?! 이, 이게 무슨 짓입니까……?!"

아이리스는 당황한 병사를 무시한 채 그대로 안으로 나아갔다.

혼자서 아이리스를 막는 것은 불가능하다는 걸 안 문지기는 품속에서 피리를 꺼내어 불었다.

"삐이익~!"

날카로운 피리 소리가 성 안에 울려 퍼졌다.

—알현실로 이어지는 길이 쓰러진 기사와 병사들로 가득 찼다.

검 옆면으로 두들겨 맞은 그들이 신음을 흘리고 있는 가운데—.

"이이이이, 이런 짓을 하면, 어, 어떻게 되는지 알고 있겠지?!"

울상을 지은 왕자가 검을 뽑아든 아이리스의 앞에서 허세를 부리고 있었다.

나는 옆에 있는 다크니스에게 귓속말로 물었다.

"어이. 이 나라에 올 때도 했던 말이지만, 우리는 딱히 필요 없지 않아?"

"시, 시끄럽다! 중요한 장면이니까 입 다물고 있어라!"

다크니스도 그렇게 생각하는지 얼굴을 살짝 붉히며 말했다.

내 등에 찰싹 달라붙어 있는 아쿠아도 아이리스가 날뛰는 모습을 보고 질린 것 같았다.

"저기, 카즈마. 나, 젤 킹이 걱정 되니까 슬슬 돌아가고 싶어. 그 애, 한동안 내 얼굴을 못 봐서 분명 슬퍼하고 있을 거야."

"그 녀석은 세 걸음만 걸으면 네 얼굴을 잊어버리니까, 이제 와서 그런 걱정을 할 필요는 없어."

나는 도망치려 하는 아쿠아의 날개옷을 꼭 움켜잡았다.

내가 그런 짓을 하고 있을 때 흥분한 왕자가 이런 소리를 했다.

"어이, 내 말을 듣고 있는 거야?! 이 촌구석 아가씨야! 이런 짓을 했으니, 우리나라와 너희 나라 사이에서 전쟁이 벌어질 거야! 너희 나라를 지원하는 다른 나라도 잠자코 있지 않겠지! 이건 중대한 외교문제……!"

"레비 왕자님."

방금까지 고래고래 고함을 지르던 왕자가 아이리스의 말을 듣자마자 찬물을 뒤집어쓴 것처럼 입을 다물었다.

그런 왕자의 뒤편에 숨어있던 재상은 표정을 딱딱하게 굳힌 채 뒷걸음질을 치고 있었다.

"저는 당신과 회담이 하고 싶을 뿐이에요. 거친 수단을 동원한 건 사과드리겠습니다만, 왕자님이 자주 말씀하셨다시피 우리나라는 야만스럽죠. 예의범절을 모르는 촌구석 여자가 벌인 짓이니 이해해주셨으면 해요."

"뭐…… 그런 말도 안 되는 주장이—!"

아이리스의 말을 듣고 분노에 사로잡힌 왕자가 무심코 고함을 지르려고 한 바로 그때였다.

"이 주장이 통하지 않는다면……."

내 뒤편에서 차분한 목소리가 흘러나왔다.

눈이 붉은색으로 빛나고 있는 메구밍이 지팡이를 치켜들며 한 걸음 앞으로 나선 것이다.

"내 폭렬마법과 아이리스의 검이, 이 나라를 멸망시킬 것이니라—."

"뭐뭐뭐, 뭐라고?!"

"메구밍 씨, 괜한 소리 하지 마세요! 저는 그럴 생각이 없단 말이에요!"

멋진 타이밍에 나선 메구밍을 말리느라 기세가 한 풀 꺾인 아이리스가 볼을 살짝 붉혔다.

"그럼 대체 어떤 요구를 하려는 거지? 어차피 추가 지원금 이야기를 하려는 거겠지만, 나는 그 어떤 협박에도……!"

왕자는 궁지에 몰렸는데도 왕족답게 한 걸음도 물러서지 않았다.

"이건 원래 베르제르그가 생긴 지 얼마 안 되어 돈이 없던 시절에 자주 쓰던 방법입니다만……."

아이리스는 손에 든 검을 알현실의 바닥에 꽂더니—.

"이 나라에 큰 피해를 주고 있는 가장 강대한 몬스터를 가르쳐주세요."

당황한 왕자를 똑바로 쳐다보며—.

"이 베르제르그 스타일리시 소드 아이리스가 반드시 퇴치하겠어요."

그렇게 말한 후 빙긋 웃었다.

제5장 이 변변찮은 음모에 종지부를!

1

드래곤.

그것은 이 세계의 인간뿐만 아니라, 드래곤이 존재하지 않는 지구에서도 그 이름을 모르는 이가 없을 만큼 가장 유명한 몬스터다.

최강이자, 최고이며, 또한 최악의 존재.

퇴치한 자는 영웅이라 불리고 자신이 원하는 그 어떤 보수도 전부 손에 넣는 지고(至高)의 몬스터.

우리는 현재, 그런, 몬스터의 왕을—.

"싫어어어어어어어어어! 싫다고오오오오오오오오오오오! 싫단 말이야아아아아아아아아아아아아!"

"거 되게 시끄럽네! 이번만큼은 상대가 상대인 만큼, 너 같은 녀석의 도움도 필요하다고!"

그렇다. 드래곤을 쓰러뜨리러 가고 있었다.

—아이리스가 멋지게 몬스터 퇴치를 선언한 날로 거슬러

올라가겠다.

"이 나라에 큰 피해를 주고 있는 몬스터를 퇴치하겠다고? 가장 강대한 몬스터를? 헛소리 마! 네가 강하다는 건 알지만, 그건 무리야!"

왕자가 침을 튀기며 그렇게 외치자 아이리스는 고개를 갸웃거렸다.

"만약 실패하더라도 문제가 될 건 없을 텐데요? 제가 멋대로 몬스터를 쓰러뜨리러 가는 것뿐이니까요. 설령 제가 목숨을 잃더라도 문제가 발생하지 않도록 해두겠어요. 토벌을 하러 가기 전에 서한을 남길게요."

"그런 뜻에서 한 말이 아냐! 친하지는 않더라도 알고 지내는 사람이 죽는다면 입맛이 씁쓸하다고! 자살 같은 걸 하게 둘 수는 없잖아!"

왕자는 아이리스의 말을 듣더니 얼굴을 붉히면서 그렇게 외쳤다.

이 녀석은 바보지만, 아무래도 악당은 아닌 것 같았다.

"홋, 대체 뭘 그렇게 두려워하는 거죠? 확실히 아이리스 혼자서 강대한 몬스터를 상대하는 건 어려울지도 몰라요. 하지만 액셀 제일의 대마법사인 제가 그녀와 함께 간다면 이야기는 달라지죠. 자, 아이리스. 저와 함께 이 나라를 위협하는 몬스터를 해치우러 가죠!"

"이익……! 너희는 상대가 뭔지 모르니까 그딴 소리를 하는 거라고! 잘 들어! 이 나라에 심각한 피해를 끼칠 뿐만 아니라, 금광이 있는 산에 눌러앉아서 인근에 사는 이들을 위협하고 있는 그 몬스터는 바로……."

"잠깐만 기다리십시오."

왕자가 메구밍에게 반박을 하려던 순간, 재상이 그의 말을 막았다.

"레비 님, 그냥 상대가 원하는 대로 하게 두는 게 어떨까요? 본인들이 하겠다지 않습니까. 게다가 금광에 살고 있는 그 몬스터를 처리한다면 저희로서는 큰 이득일 겁니다. 인근 모험가와 기사에게는 그 몬스터를 자극하지 못하게 했습니다만, 아이리스 님은 용사의 피를 이은 베르제르그 일족의 한 사람입니다. 쉬이 당하지는 않을 테지요."

재상은 뭐가 그렇게 재미있는지 히죽거리며 말했다.

왕자는 그 말을 듣고 언짢은 표정을 짓더니—.

"……멋대로 해!"

—라고 말한 후 고개를 돌렸다.

"드래곤을 퇴치하겠다니, 정신 나간 거 아냐? 저기, 정신 나갔지? 다들 정신 나간 거지?"

"방법은 이것뿐이니까 그만 포기해. 그리고 우리는 이제 드래곤 슬레이어가 되어도 괜찮지 않아? 지금까지 마왕군의 간부나 사신과 싸워왔잖아. 솔직히 말해 드래곤은 그런 녀석들보다 한 수 아래라고 생각해."

카지노와 상업으로 거금을 벌어들이는 이 나라에 있어, 드래곤에게 빼앗긴 금광은 위험을 감수하면서까지 되찾을 필요가 없을지도 모른다.

하지만 우리에게는 소중한 자금원이 될 장소이자, 도전해야만 하는 상대가 있는 곳이다.

"그리고 너는 드래곤을 기르고 있잖아? 그런데 왜 이렇게 겁을 먹은 거야. 젤 킹이 크면 육아 포기를 할 거야?"

"똑똑한 젤 킹을 그딴 드래곤과 비교하지 말아줄래? 그 애는 머리가 좋으니까 인간을 공격하지 않아. 야생 드래곤은 머리 나쁜 도마뱀이나 다름없다구."

이 녀석에게 머리가 나쁘다는 말을 들은 드래곤이 좀 불쌍하다고 생각했다.

드래곤 중에는 머리가 좋은 녀석도 있다던데…….

"아쿠아 님, 여러분은 제가 지킬 테니, 부디 도와주세요. 지원마법 없이 드래곤을 상대하는 건 여러모로 벅찰 것 같아요……."

아이리스는 진심으로 미안해하며 그렇게 말했고, 아쿠아도 자기보다 어린 애의 부탁을 거절할 수 없는 것 같았다.

"……정말, 어쩔 수 없네. 좋아, 협력해줄게. 대신 네가 어른이 되어서 여왕님이 된다면, 그때는 아쿠시즈교를 국교로 삼아줘."

"그딴 카오스한 일을 누가 허락하겠냐고! 아쿠시즈 교도의 씨를 말리지 않는 것만으로 감사하게 생각해!"

나와 아쿠아가 말다툼을 하고 있을 때 아이리스가 갑자기 웃음을 흘렸다.

아이리스는 자신이 우리의 주목을 받고 있다는 걸 눈치채자 허둥지둥 손을 내저었다.

"아, 오해하지 마세요! 사실 저는 옛날부터 이런 모험을 동경했어요. 그리고 지금의 저희는 왠지 와자자껄한 모험가 파티 같아서……."

아이리스는 부끄러워하면서 고개를 숙였다. 그러고 보니 이 애는 나와 몸이 바뀌었을 때도 모험가가 된 것을 기뻐했었다.

메구밍은 아이리스의 말을 듣더니 흐흥 하고 우쭐대며 여유 넘치는 태도를 취했다.

"정말, 저희는 지금 놀러가고 있는 게 아니잖아요. 온실 속 화초처럼 자란 공주님은 여러모로 물러 터졌다니까요. ……좋아요. 제가 말단 부하에게 모험가의 마음가짐을 가르쳐주겠어요."

"예! 잘 부탁드릴게요!"

다크니스가 사이좋은 친구 같은 두 사람을 쳐다보며 흐뭇한 미소를 짓고 있을 때 메구밍의 강의가 시작되었다.

"……흠, 아이리스. 이걸 보세요. 나뭇가지가 부러졌죠?

아마 이 앞에 몬스터가 있을 가능성이 커요."

"내 적 탐지 스킬이 반응하지 않는 걸 보면 아무것도 없는 것 같은데?"

내가 적이 없다는 걸 가르쳐주자 메구밍은 나를 힐끔 쳐다보았다.

광산을 향해 나아가면서도 한동안 말이 없던 메구밍은 다시 입을 열었다.

"아이리스, 이렇게 장시간 동안 모험을 할 때 가장 중요한 게 뭔지 아나요? 바로 물이에요. 조난되었을 때 음료가 없는 사태만큼은 반드시 피해야하죠. 그러니 가지고 있는 물을 최대한 절약……."

"물이라면 우리한테 맡겨! 카즈마 씨와 나는 크리에이트 워터를 쓸 수 있거든! 마음 놓고 얼마든지 마셔!"

아쿠아가 물을 마시는 아이리스에게 주의를 주던 메구밍의 말을 끊더니 즉시 크리에이트 워터로 물을 만들어냈다.

아이리스의 물통이 가득 찼고 아쿠아는 만족스러운 표정을 지은 뒤 다시 걸음을 내디뎠다.

메구밍이 뭔가 말하고 싶은 표정으로 우리 뒤를 따라오며 걷는 가운데, 곧 커다란 나무가 보이기 시작했다.

"아이리스! 이걸 보세요! 나무에 상처가 나 있죠?! 이 상처는 전에 본 적 있어요. 아무래도 근처에 살인벌의 벌집이 있는 것 같네요. 가능한 한 소리를 내지 않도록……."

"다들 내 몸에 손을 대. 잠복 스킬을 발동시킨 채 나아가자. 그러면 몬스터가 우리를 발견하지 못할 거야."

"…………."

메구밍은 할 말이 있는 듯한 복잡한 표정을 지으며 나를 쳐다보고 내 몸에 손을 댔다.

그렇게 몇 시간을 나아간 후…….

"자, 강적과 싸워야 하니 이쯤에서 휴식을 취하죠. 아이리스, 야외에서 휴식을 취할 때 유의해야 할 점을 가르쳐줄게요. 우선 다른 생물이 몰려들 수도 있으니, 이렇게 흉포한 몬스터의 서식지에서 불을 피우는 건…….""

"카즈마 씨, 카즈마 씨. 틴더로 불 좀 피워줘. 갑자기 맛있는 홍차가 마시고 싶어."

"이런 곳에 홍차 세트를 가지고 온 거야? 어쩔 수 없지. 나도 한 잔 줘. 자, 『틴더』."

나는 아쿠아가 가지고 온 나뭇가지와 잎에 마법으로 불을 붙였다.

"우오오오오오오오오!"

"와아아아아~! 메구밍, 이게 무슨 짓이야?! 불이 꺼졌잖아!"

바로 그때 메구밍이 갑자기 지팡이를 휘둘러서 불을 껐다.

"무슨 짓이긴요! 이런데서 불을 피우면 몬스터가 몰려올게 뻔하잖아요! 제가 아이리스에게 강의를 하고 있는데, 꼭 이래야……!"

그리고 메구밍이 고함을 지른 바로 그때였다.

"적 탐지 스킬이 반응을 보였어. 어이, 뭔가가 다가오고 있다고!"

우직우직 하는 소리가 들렸다.

그리고 새들이 일제히 날아오르는 광경을 보니, 지금 다가오고 있는 것은 무시무시한 존재라는 직감이 들었다.

아쿠아가 갑자기 고함을 질렀다.

"메구밍이 고함을 지른 탓이야!"

"저 때문인가요?! 예, 이 상황은 제가 초래한 게 틀림없는 것 같군요! 죄송해요! 사과는 하겠지만, 왠지 석연치가 않아요!"

운이 좋은 건지 나쁜 건지, 광산에 도착하지도 않았는데 그 몬스터가 나타났다.

나무를 짓밟으며 땅을 뒤흔들고 있는 거대한 존재는 몬스터의 왕이라고 불릴만한 위용을 자랑했다.

나는 그 몬스터를 보자마자 체면 불구하고 소리를 질렀다.

"나타났다아아아아아아아앗!"

황금색 드래곤이 나타났다.

2

드래곤.

반짝이는 것을 좋아해서 보물을 모으는 습성이 있는 이 거대한 생물을 쓰러뜨리면 막대한 금은보화를 얻을 수 있다고 한다.

이 녀석이 금광에 눌러앉은 것도 그 습성 때문이리라.

드래곤은 아무거나 먹어치운다고 하니까, 어쩌면 금광의 금을 먹어댄 바람에 몸 색깔이 저렇게 된 것일지도 모른다.

"카즈마, 잘 됐다! 이 녀석은 황금용이다! 수많은 용들 중에서도 가장 매입 단가가 높은 드래곤이지! 이 녀석의 고기를 먹으면 레벨이 단숨에 올라가고, 피는 희소한 포션인 스킬업 포션의 재료다. 무시무시할 정도로 단단한 뿔과 비늘로는 최고품질의 무기와 방어구를 만들 수 있어! 그야말로 보물산이 나타난 거다!"

느닷없이 나타난 드래곤을 보고 다들 겁을 먹었지만 다크니스는 대검을 치켜들며 앞으로 나섰다.

"아이리스 님! 드래곤은 제가 유인할 테니, 그 틈에 안전한 위치에서 공격을 하십시오! 저는 공격은 서투니……!"

그렇게 외치고 미끼가 되는 스킬인 디코이를 발동시킨 다크니스는, 평소의 얼간이 기질은 어디 간 거냐는 생각이 들 정도로 멋졌다.

이 녀석이 항상 이러면 좋을 텐데 말이다.

"좋아! 메구밍, 폭렬마법 영창을 시작해! 폭렬마법으로 귀중한 드래곤의 몸을 박살내고 싶지는 않지만, 아이리스가 위험하다 싶으면 주저하지 말고 쏴! 아쿠아는 아이리스와 다크니스에게 지원마법을 걸어줘! 나는 떨어진 곳에서 활로 저격하겠어."

"아아아아, 알았어요……! 뭐뭐, 뭐, 드드드, 드래곤 따위야 제 폭렬마법 앞에서는 도도, 도마뱀과 별반 다르지……!"

"잠깐, 이 대충대충 백수, 멀찍이서 통하지도 않을 화살 같은 걸 날려대지 말고 좀 도움이 되란 말이야!"

황금용은 핏발 선 눈으로 다크니스를 쳐다보더니 거구에 어울리지 않는 재빠른 몸놀림으로 순식간에 거리를 좁혔다.

역경에 약한 메구밍이 동요한 사이, 아쿠아는 나에게 불평을 늘어놓으면서도 방어력을 상승시키는 지원마법을 사용했다.

나도 돕고 싶지만 드래곤 상대로 내가 할 수 있는 일은 거의 없다.

내 공격은 드래곤의 단단한 비늘을 뚫을 수 없고 다가가기만 해도 그대로 죽어버릴 것이다.

"덤벼라, 황금용! 방패의 일족이라 불리는 더스티네스의 힘을 보여주마!"

지원마법 덕분에 몸에서 옅은 빛이 뿜어져 나오고 있는

다크니스가 거대한 드래곤을 막아선 채 한 걸음도 물러서지 않았다.

나는 옛날이야기에 나올 것 같은 광경을 보다가, 문득 아쿠아에게서 공격력을 상승시켜주는 지원마법을 받은 아이리스가 너무 조용하다는 사실을 눈치챘다.

아이리스 쪽을 돌아보니 성검을 쥔 그녀는 눈을 감은 채 꼼짝도 하지 않았다.

그리고 아이리스의 주위에서 정전기처럼 파직거리고 있는 빛을 본 순간, 수많은 애니메이션 및 만화를 통해 습득한 지식으로 무슨 일이 벌어지고 있는 것인지 순식간에 파악했다.

위험한 녀석이다.

아이리스가 사용하려고 하는 것은 아마 끝내주게 위험한 녀석이다.

나는 이런 상황을 안다.

최종결전 같은 상황에서 전심전력을 다해 어마어마한 녀석을 최후의 일격으로 날리는 상황이다.

"크오오오오오오, 크르르르르르르르……!"

황금용은 전혀 동요하지 않는 다크니스를 경계하는 것인지, 위협적인 소리를 내기만 할 뿐 공격하지 않았다.

지능이 뛰어나다는 드래곤다운 행동이지만 이번만큼은 악수(惡手)였다.

지금까지 집중을 하고 있던 아이리스가 감고 있던 눈을

힘차게 떴다.

주위에 떠다니던 마력의 잔재가 아이리스의 검에 모여들었고 그 검은 평소보다 훨씬 강한 빛을 뿜었다.

그 후에 내가 본 것은, 그 사실을 눈치챈 황금용이 아이리스를 쳐다보며 몸을 움츠리는 광경뿐이었다.

"『세이크리드 엑스플로드』—!!"

아이리스가 혼신의 힘을 다해 고함을 지른 순간, 산 전체가 눈부신 빛에 휩싸였다—!

—엘로드가 들썩였다.

"드래곤이 퇴치됐어! 금광의 황금용을 베르제르그의 왕녀가 토벌했다고~!"

엘로드에 돌아온 우리는 모험가 길드에 가서 드래곤을 퇴치했다는 사실을 보고했다.

드래곤은 마력 덩어리다.

뿔과 비늘, 이빨은 물론이고, 피 한 방울까지도 고급 소재다.

해치운 드래곤의 사체를 길드 직원에게 회수해달라고 요청하기 위해 길드에 보고했더니 이런 소동이 일어났다.

드래곤의 사체는 상당한 금액일 것이다.

하지만 우리가 원하는 것은 개인이 융통할 수 있는 금액이 아니었다.

드래곤을 퇴치한 영웅에 대한 이야기로 도시가 떠들썩한 가운데, 우리는 왕성으로 향했다.

　"이야기는 이미 들었습니다! 황금용을 퇴치하실 줄은 정말 상상도 못했어요……!"

　한때는 아이리스를 좋지 않게 여기던 문지기가 우리를 보자마자 눈을 반짝이며 경례를 했다.

　손바닥 뒤집듯 태도가 달라졌지만 기분이 나쁘지는 않았다.

　"저기, 어떤 싸움이 벌어졌는지 조금만이라도 가르쳐주셨으면 합니다만……."

　그 병사는 황송해 하면서 그렇게 물었고 나는 으스대며 이렇게 말했다.

　"한 방에 보내버렸어."

　뭐, 아이리스가 해치웠지만 말이다.

　"한 방?! 하, 한 방……!"

　우리는 경악을 금치 못하고 눈을 치켜뜬 병사 앞을 지나 알현실로 향했다.

　─황금용은 아이리스의 필살기를 맞고 그대로 두 동강이 났다.

　주위가 빛에 휩싸이더니 어느새 황금용이 죽어 있어서 그게 어떤 기술인지 알 수 없었다.

　하지만─.

"아이리스, 저한테 이겼다고 생각하지는 마세요! 제 익스플로전으로도 그 드래곤을 해치울 수 있었을 테니까요! 그저 귀중한 드래곤을 산산조각내면 안 될 것 같아서, 일부러, 일~부~러~ 공적을 양보했을 뿐이에요!"

활약할 기회를 빼앗긴 걸로 모자라, 아이리스의 엄청난 힘을 본 메구밍이 아까부터 이렇게 분통을 터뜨리고 있었다.

"알아요. 알고말고요, 메구밍 씨. 그러니까 이제 그만 용서해주세요."

"아뇨, 용서 못해요! 뭐가 세이크리드 엑스플로드예요! 폭렬마법의 상위 버전 같은 이름을 멋대로 붙인 그딴 기술은 앞으로 두 번 다시 쓰지 마세요!"

메구밍은 엑스플로드라는 기술명도 마음에 들지 않는 것 같았다.

"아, 세이크리드 엑스플로드니까 익스플로전과는 상관이 없다고 생각하는데요……."

"폭렬마법을 베낀 듯한 명칭인데 뭐가 상관없다는 거예요! 익스플로전과 명칭이 비슷하기 때문에 그 기술은 그렇게 강력한 위력을 내는 거라고 생각해요!"

"메구밍 씨, 이제 그만 좀 해요! 저희 일족에서 대대로 전해져 내려오는 필살검을 표절 기술 취급하지 마세요! 그건 이 검의 이름에서 유래된 필살기란 말이에요……!"

시끌벅적한 두 사람과 함께 우리가 알현실에 가보니 그곳에 있던 왕자는 평소와 다른 반응을 보였다―.

"진짜로 해낸 거야?!"

우리는 드래곤과 어떤 식으로 싸웠는지 이야기해줬고, 왕자는 흥분한 탓에 새빨개진 얼굴로 침을 튀기면서 그렇게 물었다.

"예. 이게 증거인 황금용의 뿔이에요. 직접 확인해보세요."

아이리스가 그렇게 말하며 등에 메고 있던 황금용의 뿔을 보여주자 알현실에 있는 이들이 술렁거렸다.

당초에는 우리를 얕보거나 촌놈 취급을 하던 녀석들은 그 드래곤 때문에 꽤나 골치를 썩인 건지, 아니면 드래곤 슬레이어의 명성이 어마어마한 것인지, 다들 호의적인 시선으로 아이리스를 쳐다보고 있었다.

어때요? 대단하죠?

이 애는 내 동생이라고요.

"황금색으로 빛나는 뿔……. 이건 금광에 살고 있던 황금용의 뿔이 틀림없어……."

왕자는 망연자실한 목소리로 그렇게 중얼거렸고 알현실이 더욱 술렁거렸다.

바로 그때였다.

"기다려 주십시오."

흥분으로 가득 찬 분위기에 물을 끼얹은 이는 차가운 표정으로 우리를 쳐다보고 있던 재상이었다.

어이, 설마 이 상황에서 트집을 잡으려는 건 아니겠지?

"역시 용사의 피를 이은 왕녀님이십니다. 대대로 마왕군을 두려움에 떨게 한 일족다우시군요. ……여봐라!"

재상이 그렇게 말하자 한 병사가 커다란 가죽 주머니를 들고 왔다.

……어, 이건 약속한 추가 지원금이 아닌 것 같은데?

우리는 몇 번이나 마왕군 간부를 쓰러뜨렸기 때문에 주머니의 크기만으로 얼마가 들어있는지 알 수 있었다.

저건 거물 현상범을 잡은 보수 수준이었고 한 나라의 지원금 치고는 너무나도 적었다.

"……이게 뭐죠?"

아이리스도 나와 같은 생각을 했는지, 당혹스러운 표정을 지으면서 그 주머니를 넘겨받았다.

"이건 이번 드래곤 토벌 의뢰의 보수입니다. 일반적인 의뢰 보수보다 많이 넣어뒀죠. 그걸 가지고 돌아가십시오."

"뭐, 뭐라고요?!"

재상의 말에 이 자리에 있는 이들 모두가 술렁거렸다.

원래 이곳은 적진이었지만 이 술렁거림에서는 우리를 향한 동정이 어려 있는 것 같았다.

그리고 바로 그때였다.

"자, 잠깐만, 러그크래프트! 이건 좀 아니라고 생각한다만……. 아, 무, 물론 추가 지원금을 주면 여러모로 문제가 된다는 건 알고 있다. 그건 이해하고 있지만, 그래도 드래곤을 해치운 영웅들에게 겨우 이 정도 금액만 지불하는 건 좀……."

방금 그 말을 한 사람은 아이리스를 싫어했었던 왕자였다.

왕자는 그렇게 질색을 하던 아이리스를, 마치 영웅이라도 쳐다보는 눈길로 응시했다.

왕자 또한 남자애다.

드래곤슬레이어는 동경의 대상이자, 숭배의 대상일 것이다.

하지만—.

"왕자님, 당신에게는 몇 번이나 설명을 했을 텐데요. 원래라면 방어 비용 지원도 중단해야 했습니다만, 그럴 수 없게 되었으니 이 나라를 위해서도 추가적인 자금 지원은 하지 말아야 합니다. ……아이리스 님, 당신의 사정은 알고 있습니다. 하지만 저희에게도 피치 못할 사정이 있습니다. 부디 이해해주시길."

왕자는 재상의 말을 듣고 고개를 숙였다.

……피치 못할 사정?

그저 돈을 주기 싫어서 그런 핑계를 대는 건 줄 알았는데, 실은 그렇지 않은 걸까?

한동안 고개를 숙이고 있던 왕자는 이쪽을, 아니, 아이리스를 머뭇머뭇 쳐다보며 입을 열었다.

"저기…… 미안해. 우리에게도 돈을 줄 수 없는 이유가 있어. 정말 미안해. 용서해줘."

지금까지 거만한 태도를 취하던 왕자는 우리를 향해 고개를 깊이 숙이며 용서를 빌었다.

  이렇게 되면 나는 몰라도 아이리스와 다크니스는 세게 나갈 수 없을 것이다.

  "으············."

  아니나 다를까, 아이리스는 풀이 죽어서 고개를 숙였다.

  꽤 충격을 받은 그녀는 무의식적으로 내 옷을 움켜쥔 채 꼼짝도 하지 않았다.

  그 광경을 본 왕자는 양심에 가책을 받았는지—.

  "저, 저기······. 그래. 카지노는 가봤어? 너는 성실하니까 우리나라가 자랑하는 카지노에 가보지 않았지? 하다못해 카지노에서 기분전환이라도 해!"

  전혀 위로가 되지 않을 듯한 발언을—.

  ············.

  "저기, 왕자님?"

  "왜 그래? 나는 지금 네 동생을······."

  나는 뚱딴지같은 소리처럼 들릴 거라는 걸 뻔히 알면서도 왕자에게 이렇게 말했다.

  "아, 카지노 말인데요. 기왕이면 화끈하게 놀다 갈까 싶어서요. 거금을 걸 수 있는 가장 큰 카지노의 입장권 같은 게 있다면 받고 싶은데요."

"……동생이 저렇게 풀이 죽어있는데, 너는 그런 소리가 나와? 뭐, 카지노에서 기분전환을 하라고 말한 건 나니까, 좋은 대로 해. 아, 그리고 나한테 했던 것처럼 속임수를 써봤자 안 통할 거야. 이 나라의 카지노는 허술하지 않거든. 이 나라는 카지노로 번성한 나라야. 말리지는 않겠지만—."

왕자가 말을 끝까지 잇기도 전에—.

나는 입가에 머금은 미소를 숨기려고 고개를 숙였다.

성에서 나온 후—.

"……저, 최선을 다해봤지만 결국 목적을 달성하지 못했어요……. 오라버니와 여러분이 도와주셨는데, 조국에서 기다리고 있는 수많은 사람들과 약속했는데……."

가장 뒤편에서 걷고 있던 아이리스가 풀이 죽은 목소리로 그렇게 중얼거렸다.

다크니스가 그런 아이리스를 위로하기 위해 말을 걸려고 한 바로 그때였다.

"저기, 카즈마. 이럴 때 오빠로서 아이리스에게 해줄 수 있는 일은 없나요? 제 말단 부하가 저렇게 풀이 죽어 있는 모습을 보고 싶지 않아요."

이 녀석은 대체 나를 뭐라고 생각하는 걸까.

내 주위에 있는 녀석들이 곤란한 상황에 처할 때마다 나한테 의지하려고 드는 버릇을 어떻게든 해야 할텐데…….

이 상황을 이해하지 못한 아쿠아가 콧노래를 부르면서 앞장서서 걷고 있을 때—.

나는 고개를 푹 숙인 채 힘없이 걷고 있는 아이리스를 돌아보았다.

"어이, 아이리스."

내가 말을 걸자 아이리스는 움찔하면서 몸을 움츠렸다.

일이 잘 풀리지 않아서 혼날 거라고 생각한 건지, 주먹을 말아 쥐며 고개를 푹 숙인 아이리스에게 나는 이렇게 말했다.

"아이리스는 최선을 다했어. 드래곤까지 퇴치했잖아. 너는 틀림없는 영웅이야. 그리고 누구보다도 최선을 다했지. 이만큼의 성과를 거뒀으니 아무도 불평을 하지 않을 거야."

다크니스는 그 말을 듣더니 말 한 번 잘했다는 듯 몇 번이나 고개를 끄덕이며 입을 열었다.

"카즈마의 말이 맞습니다, 아이리스 님! 그의 말대로, 아이리스 님은 최선을 다하셨어요! 왕성에 돌아가면 이 라라티나가 아이리스 님께서 얼마나 노력하셨는지……!"

"그러니까 아이리스."

나는 아이리스를 격려하려 하는 다크니스의 말을 끊었다.

그리고 아이리스의 머리에 손을 얹고—.

"뒷일은 이 오빠에게 맡겨."

―라고 말하며 미소 지었다.

"저기, 메구밍. 이 남자, 머리 좀 쓰다듬어주고 미소 지어주는 것만으로 여자애를 반하게 만드는 전설의 기술을 쓰려는 게 분명해."

확실히 의도적으로 한 거지만 이럴 때는 눈치라는 걸 발휘해보라고……

3

뒷일은 이 오빠에게 맡겨.

아이리스에게 그렇게 말한 나는 뒤이어 이런 말도 했다.

「나한테 좋은 생각이 있어」라고 말이다.

"너라는 녀석은 정말……. 그렇게 폼 잡으면서 잔뜩 기대하게 만들어놓고, 결국 이딴 짓이나 하는 거냐!"

그 생각이라는 건 지극히 간단했다.

바로 카지노다.

나의 타고난 운으로 도박을 해서 돈을 늘린다.

내가 작전이라고 할 수도 없는 그런 짓을 하려고 한다는 사실에 다크니스는 분노를 터뜨렸지만 다른 방법이 없으니 어쩔 수 없다.

"하지만 다크니스. 이건 꽤 승산이 높은 방법이라고 생각해."

"헛소리하지 마라! 돈이 필요해서 도박을 하려고 하는 건 최악의 발상이란 말이다! 아이리스 님, 죄송합니다. 바보처럼 이 남자를 믿은 제 잘못입니다⋯⋯."

다크니스가 무례하기 그지없는 소리를 하자 아이리스는 고개를 저었다.

"아뇨, 라라티나. 제 생각에도 괜찮은 아이디어 같아요."

"아, 아이리스 님?!"

다크니스는 뜻밖의 대답을 듣고 당황하고 말았다.

"아이리스 님, 생각을 바꾸시죠. 아이리스 님께서 목숨을 걸고 드래곤과 싸워서 손에 넣은 상금과 드래곤을 매각하여 얻은 이익, 그리고 엘로드 측으로부터 얻은 추가 자금⋯⋯. 확실히 그것만으로는 충분하지 않을 겁니다. 하지만 최악이나 다름없었던 당초의 상황에 비한다면⋯⋯!"

다크니스는 아이리스의 공적을 강조하며 그녀를 설득하려 했다.

하지만 아이리스는 그런 다크니스의 손을 상냥하게 움켜잡고 말했다.

"라라티나. 아쿠시즈교의 아크 프리스트인 아쿠아 님은 이전에 이렇게 말씀하셨어요. 「어차피 안 될 것 같으면 일단 해봐라. 실패하면 도망치면 된다」고 말이에요."

"아이리스 님, 그건 옳지 않은 생각입니다! 아쿠시즈교에 물들면 안 됩니다!"

나는 끝까지 반대하는 다크니스의 어깨를 잡은 뒤 밀쳐내면서 입을 열었다.

"아이리스는 이렇게 머리가 딱딱하게 굳은 여자가 되지 마. 자, 여기는 카지노야. 그리고 카지노는 즐겁게 노는 장소지."

"네 놈, 대체 누가 머리가 딱딱하게 굳은 여자라는 것이냐!"

나는 다크니스의 말을 한 귀로 흘리면서 아이리스에게서 지원금을 건네받았다. 그리고 그 거금을 보고 질린 듯한 카지노의 지배인에게서 대량의 칩을 받았다.

우선 이 시끄러운 다크니스의 입을 다물게 만들어야겠다.

솔직히 말해 걱정은 되지 않았다. 나는 진짜 행운의 여신과 친구니까.

룰렛으로 향한 나는 대량의 칩 중 3분의 1 정도를 양손으로 들었다.

그 광경을 본 카지노 손님들과 다크니스는 흠칫했지만 아이리스만은 진지한 표정으로 승부의 행방을 지켜보고 있었다.

나는 그런 여동생을 안심시키기 위해, 그리고 어쩌면 지금도 지켜보고 있을지도 모를, 항상 해맑고 의외로 승부를 좋아하는 두목의 얼굴을 떠올리며—

"아이리스. 한 번 더 말해두겠는데, 승부라는 건 즐기는 거야. 그리고 이럴 때는 이렇게 말하는 법이지. 이건 나보다

운이 좋은 친구의 입버릇이기도 해."

나는 손에 든 칩을 붉은색에 걸었다.

그리고 조금이라도 좋으니 의외로 장난을 좋아하는 그 여신님이 도와주도록, 하늘에 닿을 만큼 큰 목소리로 이렇게 외쳤다.

"시작해보자!"

—카지노 안에 있는 모든 손님들이 룰렛 주위로 몰려들었다.

"아하하하하하하! 땄어! 또 땄다구! 카즈마 씨는 정말 운이 좋다니깐! 나, 카지노 안에서만큼은 평생 카즈마 씨를 따를 거야!"

"어이, 내가 건 곳에 따라서 걸지 마. 운이 달아나기라도 하면 어쩔 거냐고."

나는 승승장구를 하고 있었다.

룰렛을 담당한 딜러는 울상을 짓고 있었지만 멈출 수는 없다.

나는 어느새 순종적으로 변한 다크니스에게—.

"어이, 커피를 더 가져와."

"아, 예! 금방 대령하겠습니다!"

정신 집중용 커피를 가져오라고 시키면서 룰렛에 몰두하고 있었다.

다크니스는 내가 첫 베팅 때 승리하자 안도의 한숨을 내쉬었다.

그리고 두 번째 베팅 때도 승리하자 작게 한숨을 내쉬며 쓴웃음을 지었다.

"가지고 왔다! 아니, 가지고 왔습니다! 자, 드시죠!"

"수고했어."

내가 세 번째 베팅 때도 승리하자 오오…… 하고 작은 목소리로 탄성을 흘렸다.

그리고 네 번째, 다섯 번째 베팅 때도 승리하자 안절부절못하기 시작했다.

"저기, 손님……."

일곱 번째, 여덟 번째 베팅 때도 승리하자 눈앞에 있는 딜러가 경외심으로 가득 찬 시선으로 나를 쳐다보며 말을 걸었다.

"응? 왜 그래? 더 이상은 승부를 할 수 없다는 소리 같은 건 하지 말라고. 너희는 손님이 졌을 때, 더는 승부를 받아줄 수 없다고 말하지 않잖아?"

나는 양동이 안에 있는 칩을 쑥 내밀면서 말했다.

"그럼 본격적으로 시작해볼까. 그러고 보니 색깔만이 아니라 번호를 맞추면 배율이 엄청나지?"

"손님! 부, 부디, 이제 그만……!"

방금까지 멀찍이서 지켜보고 있던 지배인 같은 남자가 새파랗게 질린 얼굴로 뛰어왔다.

여기가 개인이 경영하는 카지노라면 양심이 찔리겠지만 공교롭게도 여기는 국영 카지노다.

돈을 얼마나 뜯어내든 그 왕자와 재상만 울 뿐이다.

나는 다크니스가 가지고 온 커피를 거만하게 홀짝인 후 가슴팍에서 두 개의 펜던트를 꺼냈다.

"어이, 이게 뭔지 알아?"

"……예? ……그, 그건?! 옆 나라의 대귀족인 더스티네스 가문과 심포니아 가문의 문양?!"

그게 뭔지 이해한 지배인의 얼굴은 더욱 새파랗게 질렸다.

"그래. 그 대귀족들이 내 뒷배지. 그게 무슨 의미인지 알겠어? 내가 카지노에서 도박을 하는 걸 방해한다면 외교문제가 발생할 거라고."

"크윽……!"

지배인은 이를 갈더니 나를 노려본 뒤 물러났다.

훗, 이겼군.

"오라버니, 대단하세요! 오라버니가 운이 좋다는 이야기는 들었지만, 이 정도인 줄은 몰랐어요! 이 정도 운이라면 모험가를 관두고 카지노에서 거금을 벌어들이는 편이 낫지 않을까요?"

아까부터 흥분한 표정으로 나를 쳐다보던 아이리스가 내 양손을 움켜잡고 그렇게 말했다.

카지노에서 갬블러로서 살아간다.

그런 생각을 해보지 않은 것은 아니지만, 나처럼 툭하면 사건사고에 휘말리는 빈약 모험가가 카지노에서 승승장구를 했다간 남들이 내 목숨을 노릴 것이다.

그리고 이런 건 때때로 하니까 잘 풀리는 것이다.

욕심을 지나치게 부리면 결말이 좋지 않을게 뻔하다.

지금 이렇게 잘 풀리는 것은 왕녀와 대귀족이라는 뒷배가 있는데다, 마왕군과 싸우기 위한 자금을 조달해야 한다는 대의명분이 있기 때문이다.

그렇지 않다면 이 광경을 보고 있을 에리스 님이 참견을 할 게 틀림없다.

"아니, 나는 갬블러가 되고 싶지는 않아. 나는 마왕을 쓰러뜨리기 위해 모험가로서 계속 활동하고 싶어."

내가 그렇게 말하며 폼을 잡자 아이리스는 존경심이 어린 눈길로 나를 쳐다보았다.

나는 검은색 6번에 칩이 들어있는 양동이를 걸었고 주위에 있던 구경꾼들이 술렁거렸다.

"자, 승부를 해볼까!"

자신만만한 나에게 압도당한 딜러가 진땀을 흘리며 구슬을 쥐더니……!

"나도 여기에 걸래!"

"앗."

아쿠아가 말림 틈도 주지 않고 나와 같은 곳에 칩을 걸었다.

그와 동시에 딜러가 던진 구슬이 룰렛 위에서 돌기 시작했다.

"인마! 내가 건 곳에 따라 걸지 말라고 했잖아! 나는 놀이 삼아 이걸 하고 있는 게 아니라고!"

"이 망할 백수, 왜 나는 걸면 안 되는 건데! 요즘 계속 잃기만 했으니까 이쯤에서 좀 따도……"

내가 아쿠아를 꾸짖고 있을 때, 구슬이 천천히 속도를 줄이더니—.

"빨간색 5번입니다."

"거 봐아아아아아아아아아!"

"우에에에에에엥! 용돈을 전부 날려버렸어~!"

나는 다크니스를 불러서 아쿠아를 끌고 가라는 지시를 내렸다.

"다크니스, 부탁이야! 나, 젤 킹한테 줄 선물을 사야 해! 도박으로 따서 갚아줄 테니까 돈 좀 빌려줘!"

"선물이라면 내가 사줄 테니까 카즈마를 방해하지 말고 잠자코 따라와라! 카즈마에게는 우리나라의 미래가 걸려있단 말이다!"

나는 질질 끌려가는 아쿠아를 쳐다본 후 다시 마음을 잡았다.

역신(疫神)이 사라졌으니 다시 운이 돌아올 것이다.

"카즈마, 카즈마! 잃은 몫을 되찾기 위해 화끈하게 걸죠! 남은 칩을 전부 거는 거예요!"

"헛소리 하지 마. 나는 너와 다르게 신중하다고! 앗, 멋대로 칩을 걸지 마! 다크니스, 이 녀석도 끌고 가!"

아쿠아에 이어 메구밍까지 다크니스에게 끌려간 뒤, 나는 검은색 8번에 베팅을 했다.

"승부다!"

—그날 밤.

"카즈마 씨, 카즈마 씨. 오늘은 정말 멋졌어. 저기, 나 말이지. 전부터 너한테 하고 싶었던 말이 있는데……."

"입에 발린 소리 해봤자 용돈은 안 줄 거야. 너, 돈이 생기면 또 내가 건 데다 걸 거지? ……오, 나타났네."

거금을 번 우리가 숙소로 돌아가고 있을 때, 아니나 다를까—.

"어이, 너희들. 좋은 말로 할 때 순순히 우리를 따라와라."

복면을 쓴 남자들이 우리를 막아섰다.

아이리스는 그 남자들을 보더니 존경심이 어린 눈길로 나를 쳐다보았다.

"오라버니, 대단하세요. 오라버니의 예상대로 되었네요!"

"어때? 내 말이 맞지? 우리를 노리는 놈들이 나타날 거라고 했잖아. 이 녀석들은 카지노 측에서 고용한 자식들이 틀림없어."

내가 그렇게 말하자 남자들은 허둥지둥 고개를 저었다.

"아, 아냐! 우리는 네가 거금을 손에 넣었다는 이야기를 들은 강도다! 순순히 돈을 두고 가라. 안 그러면 따끔한 맛을 볼 거야. 뭐, 목숨까지는⋯⋯."

나는 그들의 말을 무시하면서 바인드용 와이어를 꺼내들었다.

"좋아. 이 녀석들을 잡아서 거짓말을 하면 딸랑거리는 마도구로 취조하자고! 만약 이 나라나 카지노가 이 녀석들의 배후라면 그걸 빌미로 삼아 지원금을 뜯어내는 거야!"

나는 그렇게 말했고 눈앞에 있는 남자들뿐만 아니라 내 동료들까지 화들짝 놀랐다.

"카, 카즈마. 너, 그래서 숙소로 돌아갈 때는 어두운 뒷골목으로 가자고 한 거였느냐? 아쿠아에게 지원마법을 걸어달라고 하고, 카지노에 갈 뿐인데도 완전무장을 한 것도⋯⋯."

다크니스가 그렇게 중얼거리니 복면을 쓴 남자들은 뒷걸음질을 치며 작은 목소리로 소곤거렸다.

"어이. 이거 위험한 거 아냐? 왠지 우리가 함정에 빠진 것 같잖아."

"저쪽에 있는 건 홍마족 아냐? 그리고 금발벽안이 두 명이나 있어. 저들은⋯⋯."

"어이, 귀족도 있는 거야?! 귀족 중에는 센 녀석들이 많다고!"

아, 이거 큰일 났네.

"왠지 도망칠 것 같네. 저 녀석들은 돈줄이니까 절대 놓치지 마! 그리고 봐줄 필요도 없어! 만약 죽어버리면 아쿠아의 리저렉션으로 되살리면 되거든!"

나는 그렇게 외치며 그 남자들을 향해 몸을 날렸다!

"도망쳐! 저 녀석은 위험해! 되살리면 된다는 소리를 태연하게 한다고! 서슴없이 우리를 죽일 생각이야!"

"절대 잡히지 마! 달려! 달리라고!"

"기다려! 나를 두고 가지 마!"

역시 누군가에게 고용된 듯한 그 남자들은 부리나케 도망치기 시작했다.

"……저기, 카즈마. 솔직히 리저렉션 운운에는 나도 질렸어."

"오, 오해하지 마! 그렇게 말하면 상대가 겁먹을 것 같아서 한 번 말해본 것뿐이라고! 진짜야! 나한테 그런 짓을 할 배짱이 있을 리가……, 잠깐만. 왜 다들 그런 눈길로 나를 쳐다보는 거야! 진짜라고!"

동료들이 미심쩍은 눈길로 쳐다보자 나는 필사적으로 변명했다.

4

그 후, 우리는 매일같이 카지노에 갔다.

"우리 왔어~!"

지배인은 나를 보자마자 얼굴이 새파랗게 질렸다.
—처음에는 우리가 이렇게 승승장구를 할 거라고는 생각
도 못했을 것이다.

내가 카지노에 올 때마다 지배인은 지긋지긋하다는 듯 인
상을 쓰며 멀리서 쳐다보고 있었다.

하지만 날이 갈수록 내가 가지고 돌아가는 금액이 커졌고
이대로는 안 된다는 사실을 눈치챈 것 같았다.

"손님? 저기, 손님 같은 실력자가 이렇게 매일같이 찾아오
시면 이 가게는 망하고 맙니다. 약소하게나마 성의 표시를
할 테니, 부디……."

"여기는 국영 카지노지? 그럼 망할 일은 없겠네. 적자가
발생해도 괜찮을 거야. 그리고 애초에 이 나라의 왕자가 카
지노에 가서 기분전환을 하라고 했단 말이야. 자, 이걸 봐.
왕자한테서 받은 VIP용 특별 카드야."

"와, 왕자님께서?! 서, 설마……."

지배인이 아연실색하는 가운데, 나는 오늘도 호쾌하게 베

팅을 했다.

—그 후로 또 며칠이 지났다.

도박 밑천이 눈덩이처럼 불어나면서, 추가 지원금을 도박으로 확보한다는 작전이 현실미를 띠기 시작했을 즈음…….

"소소소, 손님. 저, 저기 말이죠. 내일부터 한동안 이 카지노는 영업을 중단할 예정입니다. 단골이신 손님께는 그 사실을 알려드리려야 할 것 같아서……."

"아, 그래? 뭐, 우리는 목표 금액을 손에 넣을 때까지 몇 년이고 여기서 지낼 생각이거든. 그러니 다시 오픈할 때까지 느긋하게 기다릴게. 하지만 그렇게 오랫동안 국영 카지노가 문을 달았다간 이 나라의 운영에 문제가 생길 것 같은데?"

"며, 몇 년이나……."

우리를 포기하게 만들기 위해 카지노 측에서 휴업 공지를 하기도 했다.

"—손님, 부탁입니다! 이제 그만 해주십시오! 상부에서 매일같이 질책을 듣고 있다고요! 제발 부탁이니 이제 그만 해주십시오!"

"괜찮아, 괜찮아~. 왕자가 카지노에 가서 기분전환을 하라고 했다고. 불만이 있으면 왕자한테 말하라고 해."

드디어 지배인이 애걸복걸을 하기 시작했을 즈음—.

성에서 보낸 사람이 오늘도 아침부터 카지노에 가려고 하던 우리를 찾아왔다.

그 사람을 따라 성으로 향한 우리는 바로 알현실로 안내됐다.

"부탁이야. 이제 그만 돌아가 주지 않겠어?"

왕자는 우리를 보더니 고개를 푹 숙이고 그렇게 말했다.

한동안 못 본 사이에 왠지 수척해진 것 같은데 내 기분 탓일까.

"어이어이, 네가 아이리스에게 카지노에 가서 기분전환을 하고 가랬잖아. 우리는 기분전환을 하고 있을 뿐이야. 기분전환이 끝나면 네가 돌아가라고 하지 않아도 갈 거야."

"잠깐만, 너희가 더 뜯어갔다간 진짜로 큰일 난단 말이야! 이래선 우리나라가 추가 지원금을 낸 것처럼 여겨질 거라고!"

그건 우리가 알 바 아니다.

"카지노 대국을 자처하면서, 카지노에서 돈을 딴 손님에게 돌아가라고 한다. 이건 여러모로 문제 있는 거 아닐까요? 우리는 당신네들의 카지노에게 놀았을 뿐이에요. 그게 문제가 되나요?"

"큭⋯⋯. 그게, 우리나라에도 그럴 수밖에 없는 사정이⋯⋯."

저번에도 언급했던 바로 그걸 말하는 걸까.

하지만 우리가 알 바 아니라고 내가 마음속으로 생각하고 있을 때—.

"저기, 그 사정이라는 게 대체 뭐죠? 저희에게 알려주실 수는 없나요?"

아이리스는 앞으로 나서며 왕자에게 물었다.

왕자는 한순간 어떻게 할지 고민하더니 결국 미안해하는 표정을 짓고 입을 열었다.

"그게, 이 일 만큼은……."

하지만 왕자의 말을 끊으면서—.

"엘로드는 마왕군과 교섭을 하고 있습니다."

느닷없이 그런 당치도 않은 사실을 밝힌 재상은 태연한 표정으로 우리를 둘러보았다.

이 자리에 있는 이들은 전부 그 사실을 알고 있는지 전혀 동요하지 않았다.

"러그크래프트, 너……!"

당황한 왕자가 손을 들면서 그의 말을 막으려 했지만 재상은 개의치 않고 말을 이었다.

"이 나라는 마왕군과 화평 교섭을 진행하고 있습니다. 마왕군이 만약 베르제르그에게 승리하더라도, 이 나라는 건드리지 않기로 했죠. 그 대신 마왕군과 교전 중인 베르제르그에게 추가 지원을 하지 않기로 약속했습니다."

재상이 담담한 목소리로 그렇게 말하자 다크니스가 말했다.

"네 이놈, 마왕군 따위의 말을 신용하는 것이냐! 인간으로서 부끄럽지 않느냐!"

다크니스는 평소와 달리 분노를 터뜨렸지만—.

"하지만 베르제르그가 마왕군을 상대로 고전하고 있는 것 또한 사실이죠. 마왕군과 여러분의 나라는 교착 상태이며, 어느 쪽이 이길지 알 수 없는 상태입니다. 이런 상황에서 중립을 유지하면 더는 관여하지 않겠다는 제안을 받는다면, 한 나라를 책임지고 있는 사람으로서 응할 수밖에 없겠죠."

재상은 겉으로는 미안해하듯 미간을 살짝 찌푸렸다.

뭐, 나도 마왕 따위와 얽히고 싶지 않으니 그 마음을 이해할 수 있었다.

이해할 수 있지만 나는 현재 아이리스의 오빠로서 이 자리에 있다.

내가 어떻게 저들을 구워삶을지 고민하고 있을 때 다크니스가 큰 목소리로 외쳤다.

"마왕을 신용하다니……! 잘 들어라. 마왕이라는 자는 여자를 보면 설령 어린아이일지라도 납치해서 유린하는 무시무시한 존재다. 공주님과 여기사를 납치해 변태적인 능욕을 해대지. 마왕이란 바로 그런 자다!"

"마, 말도 안 되는 소리 하지 마라! 아, 아니지, 대체 어디서 그런 이야기를 들은 거죠? 제가 교섭을 진행하며 이야기를 나눠본 느낌에 따르면, 마왕님은 소탈하고 믿음이 가는 마족이었습니다만…….”

재상은 믿음이 가는 마족 같은 어이없는 소리를 늘어놓으면서 마왕을 열렬하게 옹호했다.

하지만—.

“어디서 들었냐고? 이건 꽤 유명한 이야기다만……. 방금 말한 것 이외에도 로리콤, 마왕은 비정상적인 플레이를 즐기는 대륙 제일의 변태, 마왕은 호모 등등, 다양한 소문을 들었는데…….”

“대체 누가 그런 근거 없는 소문을 퍼뜨린 겁니까!”

재상이 갑자기 분노를 터뜨린 순간, 아쿠아가 으스대며 이렇게 말했다.

“그건 우리 아쿠시즈 교단이 퍼뜨린 소문이야! 내가 생각한 마왕에 대한 이미지를 우리 애들이 멋대로 퍼뜨리고 다녔어.”

“저기, 진짜로 너희 때문에 마왕군이 쳐들어온 거 아냐?”

재상은 아쿠시즈 교도의 짓이라는 말을 듣더니 머리를 감싸 쥐고 몸을 웅크렸다.

자신이 신용하는 상대가 이런 험담을 듣는다면 재상에게 사람 보는 눈이 없다는 것으로 여겨질 수도 있다.

재상이 교섭 상대인 마왕을 감싸는 심정도 이해가 되지 않는 것은 아니지만…….

바로 그때였다.

"저기, 레비 왕자님? 당신이 어떤 처지인지 대충 이해했어요. 마왕군한테서 「베르제르그를 멸망시킨 다음에는 엘로드를 공격할 거다. 그게 싫다면 우리와 손을 잡아라」 같은 소리를 들은 거죠? 그래서 왕자님이 나름대로 생각을 해본 끝에 살아남기 위해 이런 결정을 내린 거라면, 저는 더 이상 아무 말도 하지 않겠어요."

억지를 눈곱만큼도 부리지 않으면서 공손한 태도를 취하는 이 강하고 상냥한 왕녀님은, 상대방을 상처 입히지 않으려는 것처럼 미소를 짓고 말을 이었다.

"그러니 안심하세요. 앞으로도 두 나라의 관계가 나빠지지 않도록 아버님에게 잘 말해두겠어요. ……저는 사람 보는 눈이 좋은 편이랍니다. 왕자님이 저를 싫어하지 않는다는 걸 처음 만났을 때 바로 눈치챘죠. 아, 거짓말이 아니에요. 저는 그런 걸 직감적으로 눈치채요."

그 말을 들은 왕자가 고개를 숙이자ㅡ.

"베르제르그의 왕족은 강해요. 설령 지원을 받지 못하더라도 마왕군에게 지지 않아요. 그러니……."

아이리스는 상처 입은 어린아이를 위로하는 것처럼 상냥한 목소리로ㅡ.

"그렇게 괴로운 표정을 짓지 마세요."

ㅡ라고 말하며 환한 미소를 지었다.

"……세간에서는 나를 바보 왕자라고 부르는 것 같아."

알현실의 왕좌에 앉아있던 왕자가 불쑥 그렇게 말했다.

왕자의 뜬금없는 말을 듣고 의아해하고 있을 때 그는 고개를 들며 말을 이었다.

"정치에 관심이 없고, 도박에만 빠져 있어서 그렇게 부른대."

아이리스가 영문을 모르겠다는 표정을 짓자, 왕자는 그제야 자신의 나이에 걸맞은 어린애다운 표정을 짓고 빙긋 웃었다.

"나와 한 번 더 도박으로 승부하지 않겠어? 이번에는 속임수를 쓰지 말고 말이야. 그리고 만약 너희가 이긴다면……. 나는 베르제르그가 마왕을 쓰러뜨리는 쪽에 베팅을 하겠어!"

"와, 왕자님?!"

재상이 비통한 목소리로 그렇게 외친 가운데, 왕자는 나에게 보여주려는 것처럼 코인을 꺼내들더니 양손을 등 뒤로 둘렀다.

그리고 그는 두 주먹을 앞으로 내밀고 이렇게 말했다.

"─자, 동전은 어디에 있을까?"

그날 밤.

잠들기에는 이르고, 뭔가를 하기에는 늦은, 그런 시간…….

그 승부의 결과는 말할 필요도 없을 것이다.

재상은 끝까지 반대했지만 왕자의 들러리들은 만족스러운 표정을 짓고 있었다.

자신들이 모시는 주군이 결단을 내리는 걸 보고 만족한 것이리라.

어쩌면 그는 이제 바보 왕자라고 불리지 않을지도 모른다.

—결국 마왕군과 싸우기 위한 방어 비용 지원은 지금까지와 마찬가지로 받기로 했다.

추가로 마왕군을 상대로 공세를 펴기 위한 막대한 지원금도 받게 되었다.

게다가 아이리스가 드래곤 슬레이어 칭호를 얻었으니 이번 회담은 최고의 결과를 얻었다고 할 수 있었다.

……하지만 딱 하나, 신경 쓰이는 점이 있다.

그 왕자가 아이리스를 꽤 마음에 들어 한다는 점이다.

처음에는 아이리스의 나라와 거리를 두기 위해 그런 태도를 취한 것 같았다. 그리고 지원을 약속한 후 다시 열린 성대한 환대 파티에서 두 사람은 사이가 좋아 보였다.

그렇다. 두 사람의 사이가 개선된 것이다.

나는 당초의 목적을 떠올렸다.

애초에 내가 이곳에 온 것은 어디서 굴러먹던 말 뼈다귀인지도 모르는 녀석에게 아이리스를 넘겨주지 않기 위해서다.

이곳에 갓 도착했을 때는 왕자가 아이리스를 피하는 것 같아 안심했지만 이제 와서 내 사명이 생각났다.

"어떻게 할까. 아이리스가 보는 앞에서 그 꼬맹이에게 스틸을 사용해 하반신 알몸으로 만들어버려? ……아냐. 아이리스에게 이상한 걸 보여주는 건 교육상 좋지 않겠지. 하지만 상대는 한 나라의 왕자잖아. 너무 거친 짓을 할 수도 없는데……."

오늘은 왕성에서 묵고 가라는 재상의 제안에 따르기로 한 내가, 주어진 방의 침대에 드러누워 고민에 잠겨있을 때였다.

문쪽에서 노크 소리가 들리더니 목소리가 들려왔다.

"카즈마, 있나요? 할 이야기가 있는데, 들어가도 될까요?"

문 너머에서 들려온 것은 메구밍의 목소리였다.

나는 아직 잘 생각이 없었기에 잠그지 않은 문을 쳐다보며 말했다.

"문 열려 있어~."

"이런 시간에 찾아와서 죄송해요."

메구밍은 안으로 들어오더니 얼굴을 약간 붉히고 그렇게 말했다.

대체 무슨 일로 찾아온 걸까.

아이리스를 도와줘서 고맙다는 소리라도 하러 온 걸까?

아, 그리고 보니 이 녀석은 아이리스와 몰래 무슨 짓을 하고 있는 것 같았다.

이 기회에 대체 뭘 하는 건지 물어봐야겠다.

……내가 그런 생각을 할 때였다.

"저기, 옆에 앉아도 될까요?"

메구밍은 그렇게 말한 뒤 내 대답을 듣지도 않고 옆에 앉았다.

뭐야. 이 녀석, 오늘은 나와 거리를 두지 않네.

……바로 그때, 나는 눈치챘다.

나, 저번에 메구밍에게 뭐라고 말했더라?

분명 이렇게 말했었다.

「뭐, 네가 죄책감에서 벗어나, 순수하게 나와 그런 짓이 하고 싶어진다면, 나도 거절할 이유는 없지만」이라고 말이다.

그 후 메구밍은 내 말을 듣고 분명 이렇게 말했다.

「그런가요. 그럼 그럴 때가 온다면 또 카즈마의 방에 놀러 갈게요」라고…….

순식간에 심박수가 빨라진 나는 최대한 침착한 척을 하며 말했다.

"어, 어서 와. 이런 시간에 왜 나를 찾아온 거야? 잠이 안 와서 나와 게임이라도 하려고 온 거야? 그런 거라면 아이리스가 너와 실력이 비슷하니까……."

메구밍은 내 말을 끊듯 나를 향해 얼굴을 쑥 내밀었다.

흥분해서 그런지 메구밍의 눈은 붉게 빛났고 농담이 통하지 않을 듯한 진지한 분위기를 띠었다.

내가 무심코 마른 침을 삼킨 순간―.

"오늘 밤은 저와 같이 자줬으면 해요. 저기, 안…… 될까……요……?"

메구밍은 작은 목소리로 그렇게 말하며 내 손을 움켜잡더니 부끄러운지 고개를 숙였다.

드디어 이 날이 왔다.

내가 완벽한 승리를 거두는 날이 말이다.

하지만 일단 진정해라. 우선 문을 잠가서 아무도 오지 못하게 해야 한다.

그 후에는 초조해 하지 말고 연상 남자답게 리드를 하면 된다.

나는 메구밍의 어깨를 잡고 나한테서 떼어놓은 후, 문을 잠그려―.

"저기, 카즈마? 나는 다크니스만큼 크지는 않으니까, 역시 안 되……는 건가요?"

"그렇지 않아. 나는 큰 쪽도 작은 쪽도 평등하게 사랑할 수 있는 남자야. 나를 그런 못난 남자로 여기지 말아달라고."

내가 무심코 그렇게 대답하자 메구밍은 아주 약간 몸을

뒤편으로 젖혔다.

"그, 그런가요. 그럼…… 저기, 부끄러우니까 눈을 감아주지 않겠어요?"

"싫어."

"그, 그럼 여러모로 곤란한데……. 방도 밝잖아요. 부탁이니까 아주 잠시 동안만……."

나는 주저 없이 대답했고 메구밍은 약간 당황했다.

어쩔 수 없다. 일단 순순히 눈을 감아야겠다.

하지만 그 전에 문을 잠그고 싶은데…….

안 그랬다간 눈치 없는 녀석이 내 방에 난입할지도 모르거든…….

그런 걱정을 하면서도 마음속을 기대로 가득 채운 내가 눈을 감은 순간―.

내 의식은 끊어졌다.

"……그런……. 하지만, 너는……."

"……아냐, 다크…… 나는…… 네가……."

두 남녀의 대화가 들려왔다.

그 목소리에 정신을 차린 나는 멍한 머리로 대체 무슨 일이 벌어진 건지를…….

"윽?!"

바로 그때, 나는 내 입에 재갈이 물려져 있다는 사실을 눈치챘다.

그것만이 아니었다. 손에는 수갑이 채워져 있는데다, 꼼짝도 하지 못하도록 온몸이 로프로 꽁꽁 묶여 있었다.

꼼짝도 할 수 없는 상태에서 암시 스킬을 사용해 주위를 살펴보니 나는 벽장 안에 있는 것 같았다.

……또 요 모양 요 꼴인 거냐아아아아아아아아아아아!

내가 좁은 공간에서 몸을 버둥거리고 있을 때 목소리가 들려왔다.

"하하, 하지만 카즈마. 나와 너는 신분이 다르니, 그렇게 간단한 일이……. 아, 물론 너를 싫어하는 건 아니다! 하지만, 아직 이런 건 좀 이르다고나 할까……."

그건 다크니스의 목소리였다.

이 녀석은 또 무슨 소리를 하는 거냐고 내가 생각한 순간—

벽장 밖에서 들려온 목소리는 나를 경악하게 만들었다.

"신분 같은 건 아무래도 상관없어. 나는 신분을 버리고 다크니스만을 사랑하겠다고 맹세할게. 그러니까 부탁해. 이대로 나와……!"

그건 내 목소리였다.

"신분을 버려? 평민인 너한테 대체 무슨 신분이 있다는 것이냐."

"어? 어라?"

다크니스의 말을 듣고 당황한 것처럼 그렇게 말하는 저 목소리는 내 목소리가 틀림없었다.

"그러고 보니 아까부터 좀 이상하구나. 구체적으로 거론하자면, 방에서 나와 단둘이 있는데도 차분하기 그지없는 태도를 취하고 있다는 게 마음에 들지 않는다."

확 뛰쳐나가서 한 대 쥐어박아주고 싶다.

자의식 과잉에도 정도라는 게 있다. 내가 언제까지나 얼간이일 거라고…….

……으음, 다소 여유도 생겼다고 생각하는데…….

"다, 다크니스와 단둘이 있는데 긴장이 안 될 리가 없잖아? 그것보다 내 눈을……."

또 내 목소리가 들려왔다.

하지만 다크니스는 그 말을 끊으며 입을 열었다.

"……어이, 왜 아까부터 내 가슴을 쳐다보지 않는 거지? 이런 상황에서 눈동자가 이렇게 맑다니……. 네 놈, 진짜 카즈마가 아니구나!"

"큭!"

나는 벽장 밖에서 들려온 목소리를 듣고 고민했다.

벽장 밖에서 어떤 상황이 펼쳐지고 있는지 모르겠지만 아마 밖에는 나와 목소리가 똑같은 가짜가 있을 것이다.

다크니스가 가짜의 정체를 꿰뚫어본 것을 기뻐해야 할까, 내가 없는 곳에서 저런 심한 소리를 한 그녀에게 화를 내야 할까.

"이렇게 되면 어쩔 수 없지. 강제로 제압해주마! 그 남자가 자기 방인 이 곳에 없다는 건 눈치챘겠지? 네가 저항하면 그 남자가 어떻게 될지 잘 생각해봐라……!"

큰일 났다. 이건 위험한 상황이다.

저런 말을 듣는다면 긍지 높고 동료를 소중히 여기는 다크니스는—

"뭐……! 네 이 놈, 비겁하게도 인질을 잡는 것이냐! 그, 그 수갑과 로프로 나한테 어떤 짓을 하려는 거지?! 묶으려는 거냐?! 수갑을 채우고, 그 로프로 묶은 다음, 어마어마한 짓을 하려는 것이지?!"

"아, 딱히 어마어마한 짓을 할 생각은 없다. 그냥 묶어두려는 것뿐이지. ……어, 어라? 반항하지 않는 거냐?"

"큭, 나는 어찌되든 상관없다. 하지만 내 동료들은 건드리지 마라! 아아, 수갑이 차가워……! 어이, 너! 그 목소리로 「헤헷, 꼴좋네, 다크니스! 앞으로 네가 무슨 짓을 당할지 이미 알고 있겠지?」라고 음흉하게 말해주지 않겠느냐?"

그렇다. 저 변태는 이런 상황을 좋아하니 당연히 이럴 것이다.

"너……. 뭐, 뭐, 됐다. 로프로 묶을 거니까 꿈틀대지 마라. 어이, 딱히 이상한 짓은 안 하니까 얼굴을 붉히지 말란 말이다!"

"하, 하지만, 그 얼굴로 그런 소리를 하니까……! 어이, 나한테 무슨 짓을 하려는 것이냐! 설마 좁고 어두운 벽장으로 집어넣은 후에……!"

점점 목소리가 가까워졌고 벽장의 문이 열렸다.

나와 다크니스는 서로를 잠시 동안 응시했다. 그리고—.

"……내가 추태를 부리며 한 말을 쭉 듣고 있었던 것이냐?"

나는 고개를 끄덕였다.

—부끄러워 죽겠는지, 얼굴이 시뻘게진 채 재갈을 물린 다크니스와 함께 벽장에 갇히게 된 나는, 눈앞에 있는 미남을 쳐다보았다.

"자아. 내가 누구인지, 그리고 왜 이런 짓을 하는 건지 가르쳐주마."

나와 똑같이 생긴 그 쾌활한 분위기의 미남은 그냥 숨겨도 될 텐데도 일부러 자신의 정체를 밝혔다.

내 얼굴이 뭉개지더니 그 자는 시꺼먼 그림자 같은 존재로 변했다.

"내 이름은 러그크래프트. 마왕군 첩보부 부장이자 도플갱어인 러그크래프트다. 이번에는 너희 때문에 고생을 톡톡히 했지."

재상의 이름을 입에 담은 그 몬스터는 눈코입이 없는 얼굴로 딱히 물어보지도 않은 것들을 자랑스레 주절주절 늘어놓기 시작했다.

"—지금으로부터 30년도 더 된 일이다. 이 나라의 내정관 모집에 몇 번이나 응모한 끝에 채용된 나는 하루도 쉬지 않고 일했지. 카지노에 틀어박혀서 제대로 일하지 않는 동료, 카지노에 미친 왕족, 그리고 카지노에 환장한 귀족들. 이 녀석들이 매일같이 돈을 펑펑 낭비한 탓에 나는 엄청 고생을 했다……. 그냥 이 나라를 이대로 놔두는 편이 마왕군에 도움이 될지도 모른다고 몇 번이나 생각했을 정도다."

자랑을 늘어놓나 했더니 푸념만 쏟아냈다.

사건의 흑막이 잡아온 상대에게 저승길 선물 삼아 이야기를 해주는 시추에이션인 줄 알았더니, 지금까지 쌓였던 푸념을 늘어놓고 싶었나 보다.

러그크래프트는 지금까지 자신이 한 고생을 전부 이야기했다.

성실하게 일하며 도박에는 눈길 한 번 주지 않던 러그크래프트는 왕족에게 신임을 받게 되었다.

그때까지는 정말 순조로웠다.

하지만 높은 지위에 올라 내정을 전부 맡게 되자, 그는 이 나라의 실태를 알게 됐다.

당치도 않은 수준의 재정 적자와 산더미처럼 불어난 빚.

그런 것들에서 눈을 돌린 채 매일같이 흥청망청 낭비를

해대는 귀족과 왕족.

"이해가 되느냐? 이 나라의 인간들은 초대 국왕이 도박으로 번 재산을 낭비하기만 했고, 결국 나라가 파탄 직전의 상황에 처하고 말았다. 그런 이 나라를 다시 일으켜 세운 게……."

성실한 이 녀석은 죽을힘을 다해 노력했다고 한다.

당초의 목적은 스파이 활동이다.

하지만 타고난 성실함과 우수함 덕분에 그는 점점 출세했다.

이윽고 그가 자신이 스파이라는 사실을 잊은 채 이 나라를 위해 헌신하고 있을 즈음…….

내정관 중 최고의 지위인 재상이 된 이 녀석은 문득 눈치 챘다.

"이렇게까지 할 필요는 없었다는 걸 말이야."

그렇다. 이 녀석은 성실한 게 아니라 단순한 바보였다.

"이 지위까지 올라온 나는 드디어 마왕님을 위해 내가 할 수 있는 일을 하기로 마음먹었다. 너희는 마왕님에 대한 말도 안 되는 소문을 퍼뜨리고 있는 것 같은데, 그 분은 모시는 보람이 있는 정말 멋진 분이지……."

그 후로도 러그크래프트의 푸념인지 고생담인지 분간이 되지 않는 이야기가 한동안 계속되었다. 그리고 그는 만족했는지 한숨을 내쉬었다.

"휴우. 내가 지금까지 해온 고생과 푸념을 남에게 털어놓고 싶었지. 내 이야기를 들어줘서 고맙다."

역시 푸념이었던 거냐.

"자, 내가 오랫동안 해온 고생을 전부 물거품으로 만든 너희에게 어떻게 복수를 해줄지 생각했지. 처음에는 살의가 미친 듯 끓어올랐지만 생각을 바꿔봤다."

갑자기 상황이 수상한 쪽으로 흘러가기 시작했다.

내 옆에 있는 다크니스도 불길한 예감을 받은 것 같았다.

"너희가 가장 싫어할 만한 일. 그건 바로 아이리스 공주가 해를 입는 거지."

다크니스는 그 말을 듣더니 신음을 흘리며 날뛰었다.

하지만 로프로 꽁꽁 묶인 탓에 마음대로 움직일 수 없는 것 같았다.

"아아, 너희의 그런 표정이 보고 싶었다! 하하하하하, 너희는 이대로 방치해두지. 나는 이제부터 이 모습으로 너희 동료를 찾아가서 같은 방식으로 제압할 거다. 그리고 너희에게 한 말을 그들에게도 똑같이 한 후, 아이리스 공주의 방으로 향하도록 하지!"

러그크래프트는 그렇게 말하고 나를 똑바로 쳐다보았다.

"한동안 이 못난 얼굴을 더 써먹어야겠군. 후하하하하하하! 그래, 네가 이렇게 분통을 터뜨리는 얼굴이 보고 싶었다! 통쾌하구나, 통쾌해!! 희열이 샘솟아!!"

러그크래프트는 내 모습으로 그딴 소리를 한 뒤 방에서 나갔다.

6

벽장 안에서 한동안 날뛰던 나와 다크니스는 힘으로는 이 로프를 어찌할 수 없다는 걸 이해했다.

게다가 러그크래프트가 벽장의 문을 닫는 바람에 소리가 밖으로 흘러나가지도 않았다.

왜 항상 방해를 하러 오는 그 녀석은 이런 타이밍에는 나타나지 않는 걸까.

곰곰이 생각해보니 다크니스는 왜 내 방에 온 거지?

"우웁! 우웁!!"

어이쿠.

다크니스는 재갈을 문 채 벽장에 박치기를 날렸지만 효과가 없자 단념했다.

흠모하는 주군이 해를 입을지도 모른다는 사실 때문에 울상을 짓고 있던 그녀는 뭔가 좋은 생각이 났는지 눈빛이 변했다.

벽장을 몸으로 흔들어볼까?

아니면 좀 더 날뛰어볼까?

나는 그런 의미가 담긴 눈짓을 보냈지만, 다크니스는 눈치채지 못한 건지 핏발 선 눈으로 나를 쳐다보며 엉금엉금 다가왔다.

"읍읍, 으읍~!"

무슨 소리를 하는 건지 모르겠네.

내가 그런 생각을 하는 와중에도 다크니스는 신음을 흘리고 계속 버둥거렸다.

이윽고 다크니스는 애벌레처럼 기면서 서서히 나에게 다가왔다.

어, 왜 이렇게 나한테 다가오는 거지?

이런 비상시국에, 서로의 볼이 닿을락 말락 할 만큼 가깝다고나 할까…….

아니, 완전히 딱 붙어 있을 뿐만 아니라, 서로의 입가도 가깝잖아!

이런 짓을 할 때가 아니라고 말할 수도 없는 상황이기에, 나는 그저 가만히―.

"으읍!"

"윽?!"

다크니스는 내 재갈을 깨물었다.

그리고 재갈을 물린 상태에서도 내 재갈을 벗기기 위해 이를 악물었다.

나는 그제야 다크니스의 의도를 눈치챘다.

그리고 나는 다크니스의 움직임에 맞춰 목에 힘을 주면서 뒤쪽으로 뺀 후―.

"『틴더』!"

입가에 생긴 미세한 틈을 통해 마법을 펼쳤다.

마법에 의해 발생한 불꽃이 내 재갈을 태우기 시작했고—!

"아뜨뜨뜨뜨뜨뜨뜨뜨뜻!"

나의 재갈은 앞 머리카락을 태운 다음에 불타서 사라졌다.

이마에 프리즈를 걸고 싶지만 지금은 그럴 때가 아니다.

"다크니스, 지금부터 내가 너한테 마법을 걸 거야. 나를 묶은 로프에 틴더를 써봤자 로프가 타려면 시간이 걸릴 테고, 내 힘으로는 불에 탄 로프를 끊을 수도 없어. 하지만 너라면……."

다크니스는 말을 끝까지 듣지도 않고 고개를 끄덕였고—.

"『틴더』!!"

나는 다크니스의 로프에 불을 붙였다.

—우리는 어둑어둑한 복도를 불도 밝히지 않은 채 뛰었다.

자유를 되찾은 나와 다크니스는 수갑만 찬 채 성 안을 뛰어다녔다.

"어이, 다크니스! 아이리스의 방은 어디야?!"

"그건 나도 모른다. 우리의 방은 그 재상이 정했지. 내가 아는 건 너에게 주어진 방뿐이다!"

이 넓은 성안에서 아쿠아와 메구밍이 묵고 있는 곳을 모른다는 건가.

나는 문득 신경이 쓰인 점에 대해 다크니스에게 물어보았다.

"그런데 너는 어째서 내가 묵는 방을 알고 있었던 거야?

아니, 그것보다 이런 시간에 뭘 하러 온 건데? 그 재상은 내가 방해를 하지 못하게 하려고 제압한 것 같은데, 혹시 그 녀석이 너한테 내 방으로 가라고 말한 거야?"

다크니스는 내 말을 듣더니 움찔했다.

"그, 그게……. 이번에도 너한테 신세를 졌지 않느냐……. 이번에는 볼 키스 같은 어린애 같은 짓이 아니라, 좀 제대로 된 답례를 할까 해서……."

"에로! 이 녀석은 역시 에로니스가 분명해! 이 비상시국에 나를 보쌈하러 온 거였나! 완전 색골이네!"

"아아아, 아니다! 그런 하드한 짓이 아니라, 좀 소프트한 걸 해줄 생각이었단 말이다……! 게다가, 결과적으로 너를 구했으니 잘 됐지 않느냐!"

다크니스가 그렇게 반박하자, 나는 이 도시의 숙소에서 그녀가 제대로 된 답례를 해주겠다고 말했던 걸 떠올렸다.

그런 중요한 일은 이런 곳이 아니라 집에 돌아가서 해줬으면 한다.

아까 가짜 메구밍이 나타났을 때 선을 넘을 뻔했던 내가 할 소리는 아니지만…….

바로 그때였다.

"앗~!"

이런 시간에 우리를 손가락질하며 고함을 질러대는 바보가 있었다.

"드디어 찾았네, 이 성희롱 백수!"

"이 남자가 이딴 곳에 있었군요! 저질이에요! 진짜 저질이라고요!"

어둠속에서 불쑥 튀어나온 이는 잠옷 차림인 아쿠아와 메구밍이었다.

나는 성희롱 백수라는 소리를 들을 만한 짓은 하지 않았는데, 두 사람은 왜 이러는 걸까?

"어이, 사람을 범죄자 취급하지 말라고. 지금은 너희와 노닥거릴 여유가 없어. 그것보다 아이리스의 방이 어디인지 몰라? 긴급사태가 벌어졌거든. 알고 있으면 가르쳐줘."

아쿠아와 메구밍은 내 말을 듣더니 서로를 쳐다보았다.

"아이리스의 방이라면 이 앞에 있어요. 그런데 해명은 하지 않는 건가요? 솔직히 말해 카즈마가 아쿠아를 보쌈하려할 거라고는 생각도 못했다고요."

나는 그 말을 듣고 경악을 금치 못했다.

"인마, 헛소리 하지 마! 나한테도 상대를 고를 권리는 있다고!"

"잠깐만, 남의 방에 쳐들어와서 그렇게 유혹해놓고 이제 와서 무슨 소리를 하는 거야! 정말, 메구밍이 내 방에 놀러오지 않았다면 대체 무슨 짓을 할 생각이었던 건데?!"

나와 다크니스는 서로를 쳐다보고 고개를 끄덕인 후—

"어이, 아이리스의 방으로 안내해줘! 그리고 내가 아쿠아

따위를 보쌈할 리 없잖아! 마구간에서 같이 생활할 때도 아무 일 없었다고! 내가 단골인 가게에서도 너한테만큼은 신세를 진 적이 없단 말이다!"

"호오~! 그렇게 정열적으로 유혹해놓고, 차이자마자 아무 일도 없었던 척하는 게 낯 뜨겁지 않으신가요~? 나를 유혹하고 싶다면 전 재산을 주거나, 비싼 술을 바치란 말이야! 그러면 내 손 정도는 잡게 해줄 수도 있어!"

진짜로 이 바보를 확 패버리고 싶네.

아니, 그것보단 이 녀석에게 이상한 소리를 한 러그크래프트를 자근자근 밟아주고 싶어!

"그 녀석은 가짜야! 도플갱어라고! 이 성에 도플갱어가 잠입했어! 그리고 그 녀석이 아이리스를 노리고 있단 말이다!"

아쿠아와 메구밍은 그 말을 듣더니 서로의 얼굴을 쳐다보았다.

"저기, 그럼 입에 침이 마르도록 내 푸른 머리카락을 칭찬한 녀석이 가짜라는 거야? 「아쿠시즈 교도만 아니라면 당신은 정말 완벽할 텐데」 같은 영문 모르는 소리를 한 사람도 가짜야?"

"저한테는 홍마족만 아니면 완벽할 거라고 말했었죠. 이거, 제대로 날려버리지 않으면 직성이 풀리지 않을 것 같아요."

두 사람은 전혀 알고 싶지 않은 사실을 말해주며 우리를 안내했다.

그만해. 그 녀석, 대체 왜 그딴 소리를 한 거냐고. 진짜 작작 좀 해!

이 흐름으로 볼 때, 내 가짜는 아이리스를 진짜로 유혹할 생각인 건가?

내 친동생이라고 착각하고 있으니까 그런 짓을 하지 않을 거라고 믿고 싶지만……!

"아이리스는 이 방에 묵고 있어요. ……아, 방 안에서 소리가 들리네요."

큰일 났다! 이미 방 안에 있어!

나와 다크니스가 방문을 열어젖히려—!

"『엑스테리온』!!!!!"

—한 바로 그 순간…….

내 머리 바로 위쪽을 강렬한 일격이 가르고 지나갔다.

그 뒤를 이어 방문이 소리를 내면서 박살나더니—.

"오, 오라버니?!"

잠옷 차림으로 얼굴이 새빨개진 채 한 손으로 검을 쥐고 있는 아이리스와, 러그크래프트의 사체로 보이는 검은색 액체가 바닥을 적시고 있는 광경이 내 눈에 들어왔다.

7

"면목 없어!"

다음날 아침.

어젯밤의 소동이 성 전체에 알려진 후 우리는 원래 이용하던 숙소로 돌아갔다.

그리고 다음날 아침에 다시 성에 와보니―.

"저기, 레비 왕자님. 당신은 이 일에 관여하지 않으셨으니, 이제 그만하세요……."

왕자는 신하들 앞인데도 불구하고 우리를 보자마자 무릎을 꿇었고 아이리스는 당황했다.

재상이 도플갱어였다는 이 일대 사건은 이미 성 뿐만 아니라 도시 전체에 퍼져나갔다.

현재 아이리스는 드래곤을 퇴치한 영웅일 뿐만 아니라 도플갱어의 손아귀에 들어갈 뻔한 이 나라의 구세주였다.

그런 구세주와 왕자가 약혼 관계였다는 건 이 나라 사람들 모두가 알고 있으며, 현재 이 도시는 축제가 벌어진 것처럼 시끌벅적했다.

"미안해! 나는 정말 바보였어. 바보 왕자라 불려도 할 말이 없어! 아이리스 공주가 이 나라에 오지 않았다면, 마왕군의 앞잡이가 이 나라를 손아귀에 넣었을 거야……!"

왕자는 아까부터 이런 태도를 계속 취하고 있었다.

러그크래프트는 이 나라의 중심적 존재였던 만큼, 그 녀석이 도플갱어라는 게 알려지자 그 충격 또한 엄청났다.

아이리스를 촌뜨기 취급하던 사람들은 태도를 싹 바꾸더

니 지금은 누가 이 나라의 주인인지 헷갈릴 정도로 그녀를 숭배하고 있었다.

아이리스는 알현실 중앙에 서서 무릎을 꿇고 있는 왕자를 향해 미소를 지었다.

"왕자님. 왕족이 함부로 남에게 머리를 숙이면 안 된답니다."

왕자는 그 말을 듣고 허둥지둥 고개를 들더니 크게 헛기침을 한 후 입을 열었다.

"아, 알았어. 하지만 이번에 큰 빚을 지고 말았어. 우리나라는 베르제르그의 은혜를 절대 잊지 않을 거야. 앞으로는 그 어떤 부탁이든 다 들어주겠어. 왜냐하면……"

왕자는 말을 멈추며 잠시 동안 주저했고―.

"베르제르그와 엘로드는 동맹국이자 우호국이니까 말이야."

그렇게 말하며 멋쩍은 듯 고개를 돌렸다.

신하들과 아이리스가 그런 왕자를 향해 온화한 시선을 보내자 알현실은 따뜻한 분위기에 감싸였다.

그 광경을 눈부시다는 듯 쳐다보고 있던 다크니스가 아이리스의 옆에 서서 말을 이었다.

"그럼 이걸로 이번 일은 마무리가 된 것으로 알겠습니다. 일이 원만하게 풀렸을 뿐만 아니라, 서로의 우호도 깊어졌으니 결과적으로 잘됐군요. 앞으로도 우리나라를 잘 부탁드립니다, 레비 왕자님."

"응. 후방 지원밖에 못하지만, 그것만이라도 맡겨줘. 하지만 정말 다행이야. 아이리스 공주의 오라버니에게도 신세를 많이 졌어. 속임수에 당했을 때는 분했지만, 그것도 좋은 사회 경험이 됐지."

마치 사람이 바뀌기라도 한 것처럼 태도가 온화해진 왕자는—.

"언젠가 내 형님이 될 사람이잖아. 앞으로는 이 성을 자기 집처럼 여기고 언제든 놀러와."

그런 영문 모를 소리를 했다.

하지만 아무도 왕자의 실수를 지적하지 않았고 어쩔 수 없이 내가 주의를 주기로 했다.

"왜 내가 네 형님이 되는 건데? 대체 어떤 식으로 생각하면 그런 결론이 나오는 거야?"

내가 그렇게 말한 순간, 알현실 안의 시간이 얼어붙었다.

"…………. 어? 잠깐만, 너는 아이리스 공주의 오빠 맞잖아?"

"그래. 피는 이어지지 않았지만."

왕자는 내 말을 이해하지 못했는지 고개를 갸웃거렸다.

"피가 이어지지 않았다고? 그, 그게 무슨…… 소리지? 너는 저티스 왕자가 아닌 거야? 그럼 너는 대체 누군데?"

"베르제르그 제일일지도 모르는 모험가인 사토 카즈마라고 합니다."

왕자는 내 말을 듣고도 감이 오지 않는 것 같았다.

"……아, 사연 있는 남매라는 거지? 뭐, 아무튼 아이리스 공주가 오빠로 여기며 따른다면, 역시 나한테 있어서도……."

이 녀석은 역시 바보 왕자일지도 모르겠다.

"어이어이. 너는 아이리스와의 약혼을 취소했잖아."

이번에야말로 시간이 완전히 얼어붙었다.

"저기, 이 사람, 꼼짝도 하지 않아. 어디 안 좋은 걸까?"

"으음, 그냥 두는 편이 좋을 것 같아요. 그것보다 카즈마, 세상에는 해도 되는 말과 해선 안 되는 말이 있어요. 다들 일부러 언급하지 않았는데, 왜 가르쳐준 거냐고요."

아쿠아와 메구밍은 낮은 목소리로 그렇게 말했고 왕자의 눈에 빛이 돌아왔다.

"저, 저저, 그건……. 아, 아이리스에게 미움을 받아서 베르제르그와 거리를 두기 위해 일부러 그런 거지, 본심이 아니었어……! 그리고 나도 재상에게 속았던 거니까, 앞으로 동맹과 우호의 증거로서……!!"

처음에 얼굴을 마주했을 때와 다르게 왠지 필사적인 왕자가 아이리스를 향해 애원하는 시선을 보냈다.

아이리스는 한순간 나를 쳐다보며 난처한 표정을 짓더니―.

"……베르제르그와 엘로드는 영원한 친구예요. 그러니 저희도 쭉 친구로 지내죠."

"잠깐마아아아아아아아안!!"

에필로그

멀어져 가는 엘로드의 왕도를 쳐다보면서…….

"저기, 우리는 여행을 가서 관광을 제대로 해본 적이 한 번도 없지 않아?"

용차의 가장 후방좌석에 앉은 아쿠아가 무릎을 끌어앉은 채 그렇게 중얼거렸다.

"너는 이제 와서 무슨 소리를 하는 거야. 높은 확률로 소동을 일으키는 네가 그런 소리를 하지 말라고."

"잠깐만, 보쌈 백수. 이번에는 용돈만 더 있었으면 더 즐길 수 있었을 거라고~. 액셀에 돌아가면 내 용돈을 늘려줘! 그러면 식사당번을 딱 하루만 바꿔줄게."

이 녀석이……!

"너는 이번에 대체 뭘 했어?! 방금 보쌈 백수라고 했지?! 나는 너 따위에게 흥미 없어! 나, 예전에는 매일같이 너와 마구간에서 같이 잤지? 그때 내가 너한테 무슨 짓 한 적 있어?!"

"한밤중에 부스럭댔잖아! 그럴 때, 옆에서 잠자고 있는 아름다운 미소녀를 망상의 소재로 삼지 않았을 리가 없어! 이

거짓말쟁이 백수!"

이 망할 녀석이이이이이이이이이이!

오랜만에 분노가 한계치를 초월한 나는 아쿠아를 어떻게 울려줄지 생각하며, 주행 중인 용차의 마부석에서 후방좌석 으로 이동했다.

위험을 감지한 아쿠아가 양손을 들면서 항복 의사를 표시 했지만 이미 늦었다.

그리고 내가 아쿠아를 괴롭히려고 한 바로 그때였다.

"아하하하하!"

메구밍의 옆에 있던 아이리스가 갑자기 웃음을 터뜨렸다.

"아하하하하하하하! 아하하하하하하하!"

아이리스 때문에 독기가 사라진 나는 어쩔 수 없이 아쿠 아의 옆에 순순히 앉았다.

"나한테 용서받고 싶으면, 이번 주는 요리 당번을 대신 해."

"그건 좋지만, 삼시세끼 낫토 밥을 각오해둬."

아이리스는 역시 눈곱만큼도 반성하지 않은 아쿠아를 보 고 즐거워했다.

"역시 오라버니와 함께 있으면 하루하루가 정말 즐거워요. 이번 호위 의뢰를 받아주셔서 정말 고마워요."

아이리스는 순진무구한 미소를 지으며 그렇게 말했다.

"아, 그런 소리 할 필요 없어. 나도 즐거웠거든. 그것보다 내가 충격을 받은 건 나와 함께 지낸 시간이 가장 짧은 아이리스 이외에는, 누구도 내 가짜를 간파하지 못했다는 거야. 너희는 대체 어떻게 되어먹은 거야? 그렇게 오랫동안 나와 함께 다녔으면서."

바로 그때 마부석 쪽에서 반박하는 목소리가 들려왔다.

"무슨 소리를 하는 거냐, 카즈마. 나는, 나만은 간파했다! 처음에는 속을 뻔 했지만, 네가 아니라는 확신을 가졌단 말이다!"

"너는 더 문제였어. 내 가짜한테 무슨 짓을 시키려고 했던 거야? 내 가짜도 살짝 질렸다고!"

메구밍과 아쿠아가 고개를 돌린 가운데ㅡ.

"레비 왕자님께도 말했다시피, 저는 사람 보는 눈이 뛰어나답니다."

아이리스는 그렇게 말하고 자신감에 찬 미소를 지었다.

"저기, 아이리스. 카즈마를 오라버니라 부르며 따르는 것만 봐도 네 눈은 옹이구멍이거든?"

"오, 좋다 이거야. 자칭 한 점 흐림 없는 눈을 지닌 아쿠아 씨? 너, 나로 변신한 몬스터도 알아보지 못했으면서 자칭 뭐시기라고 계속 우길 생각인 거야? 엉?"

아쿠아가 귀를 막은 채 내 말이 들리지 않는 척했고, 불현듯 어떤 생각이 난 내가 뭔가를 꺼내들었다.

"아, 맞아. 아이리스, 너는 지원금 걱정을 하느라 도시 구경을 하지 못했지? 싸구려지만 너 줄려고 산거야."

그것은 내가 엘로드에서 샀던 어린이용 반지였다.

개당 400에리스 하는 싸구려지만, 유감스럽게도 이것보다 비싸고 좋은 반지를 찾아본다는 걸 깜빡했다.

이런 싸구려는 받아주지 않을 거라고 생각했으나 아이리스는 눈을 치켜뜨더니—.

"정말인가요? 제가 받아도 괜찮겠어요?"

"그래. 아이리스는 항상 끼고 다니던 반지를 잃어버렸잖아? 반지를 꼈던 부분이 약간 하얘서 눈에 띄더라고. 그러니 대신 이거라도 꼈으면 해서."

내가 내민 싸구려 반지를 소중히 양손으로 감쌌다.

"카즈마, 카즈마. 저한테 줄 건 없나요? 저도 여자애라서 저런 걸 싫어하지는 않거든요."

메구밍이 느닷없이 끼어들자 나는 미리 준비해뒀던 걸 꺼내들었다.

"자, 메구밍한테는 엘로드 전병을 줄게. 실은 이게 아이리스에게 준 반지보다 비싸."

"…………."

메구밍이 전병 봉지를 양손으로 들고 복잡한 표정으로 그걸 씹어 먹고 있을 때—.

"카즈마 씨, 카즈마 씨. 나는? 나한테는 아무것도 안 주는 거야?"

"너한테는 드래곤을 퇴치하러 금광에 갔다 발견한, 금이

섞인 듯한 빛깔을 띤 이 돌을 줄게."

혹시 금광석인가 싶어서 주워온 돌을 건네주니, 아쿠아는 그 돌의 형태가 마음에 들었는지 별다른 불만을 늘어놓지 않고 그 돌을 계속 쳐다보았다.

마부석에 있는 다크니스가 때때로 나를 쳐다보았지만 너는 용차를 몰고 있으니까 나중에 줄게.

그러고 보면 이 녀석들은 전부 도시 구경을 했으니까 선물을 주지 않아도 될 것 같은데 말이지.

내가 그런 생각을 하고 있을 때—.

"에헤, 에헤헤헤헤……."

내가 준 반지를 소중한 보물인 것처럼 쳐다보던 아이리스가 갑자기 웃음을 흘렸다.

"오라버니! 아, 저기……. 으음……."

무슨 말을 하려다 멈춘 아이리스는 뭔가를 결심한 것처럼 숨을 들이마신 후—

"고마워, 오빠."

—라고 말하면서 환한 미소를 지었다.

■작가 후기

10권을 구매해주셔서 감사합니다. 사이타마로 이사하고 1년이 지났지만, 인근 편의점과 백화점 말고는 거의 가보지 않은 은둔형 외톨이, 아카츠키 나츠메입니다.

아키하바라에 30분이면 갈 수 있는 곳에 살고 있는데도, 도회지에서의 삶을 만끽하지 못하고 있는 느낌이 듭니다.

딱히 바쁘지도 않은데 말이죠. 집에서 게임을 할 시간은 많고요.

하지만 산속에서 살 때보다 더 신선 같은 생활을 하고 있습니다.

이런 작가의 근황 같은 건 아무래도 상관없을 것 같으니, 현재진행형으로 진행되고 있는 일들에 대해 이야기할까 합니다.

현재 스니커 문고 공식 홈페이지, 스니커 WEB에서 『속·이 멋진 세계에 폭염을!』이 연재되고 있습니다.

애니메이션화에 맞춰 인기투표를 했을 때, 1위를 한 캐릭터의 이야기를 쓴다는 기획이 있었습니다.

당초에는 몇 페이지짜리 단편 소설을 쓸 생각이었는데 응모해주신 분들의 숫자가 어마어마했죠. 몇 페이지짜리를 내놨다간 엄청 혼날 것 같아서 급히 web연재를 하게 되었습니다.

그 결과 인기투표에서 1위를 한 메구밍의 스핀오프 제2탄을 쓰게 되었습니다. 관심이 있으신 분께서는 읽어주시길.

그리고 현재 월간 드래곤 에이지에서 본편과 앤솔로지가, 월간 코믹 얼라이브에서 폭염 시리즈가, web 코믹 클리어에서 4컷 만화가 연재되고 있습니다. 이 작품들도 관심이 있으신 분께서는 읽어봐 주셨으면 합니다.

이번 권은 오랜만의 여동생 편이었습니다. 그리고 다음 권에서는 그 문제아 집단이 다시 등장할 예정이니 기대해주시길!

이번 권에서도 일러스트를 맡아주신 미시마 쿠로네 선생님을 비롯해, 담당편집자이신 S씨, 디자이너 님과 교정자 님, 영업 담당자님, 그 외에도 많은 분들께서 도와주신 덕분에 무사히 책을 출간할 수 있었습니다.

이 책의 제작에 관여해주신 분들에게 감사드립니다.

그리고 이 책을 구매해주신 모든 독자 여러분에게, 진심으로 감사 인사를 드립니다!

아카츠키 나츠메

후기

반지를 받아서 기분이 좋은
아이리스 양.

2016.

NEXT

나는 이번에야말로 성에서 나가지 않을 거야. 이 성에 눌러 앉기로 결심했어.

결심했어.

나도 같이 살아도 된다면 상관없어.

만세.

너희들, 억지 좀 그만 부려라! 자, 빨리 마을에……. 어, 어라, 한 명 많은데?

코멧코?! 집에 있어야 할 당신이 왜 여기 있는 거죠?!

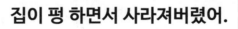

집이 펑 하면서 사라져버렸어.

??!!!!

이 멋진 세계에 축복을! 11

COMING SOON!!

안녕하십니까. 근로청년 번역가 이승원입니다.

『이 멋진 세계에 축복을!』 10권을 구매해주셔서 진심으로 감사드립니다.

2017년도 벌써 4월에 접어들었습니다.

꽃피는 봄이 와서 좋……기는 합니다만, 올해 봄은 힘든 시기로 제 기억에 남을 것 같습니다.

어머니께서 유방암과 류마티스 관절염, 그리고 골육종 의심 진단을 받으셔서 여러 병원을 돌아다니며 정밀 검사를 받아야만 했거든요.

다행히 전부 음성 판정이 나왔습니다만…… 병원비가 어마어마하게 깨졌습니다.^^

그리고 그 뒤를 이어 지인들의 결혼 러시가 이어졌죠!

가까운 이들의 결혼은 기쁜 마음으로 축하합니다만, 어머니 병원비로 지출이 엄청났던 시기에 축의금도 어마어마하게 나가버려서, 제 지갑이 심하게 다이어트를 하고 말았습니다. AHAHA.

그리고 결혼식에 입고 갈 옷이 없어 한 벌 샀더니…… 이 대로 가다간 또 단기 아르바이트라도 해서 입에 풀칠을 해야 할 것 같아요, 흑흑.

그럼 본편에 관한 이야기를 해볼까 합니다.
스포일러가 포함되어 있을 수도 있으니 본편을 읽지 않으신 분들은 유의해주시길!

이번 10권은 오랜만에 등장한 여동생 캐릭터, 아이리스가 메인입니다.
마왕군과 싸우기 위한 추가 지원을 요청하기 위해 옆 나라에 가는 아이리스를 카즈마 일행이 호위하게 되면서 벌어지는 에피소드이죠.
돈을 얻기 위해 못마땅한 옆 나라 귀족들에게 핍박을 당하면서도, 꿋꿋하게 왕족으로서의 소임을 다하는 아이리스 공주님…… 같은 스토리가 펼쳐질 거라고 예상했습니다만, 내용은 달라도 너무 다르더군요.
……역시 사람은 겉만 보고 판단하면 안 됩니다. 그저 귀여운 동생 캐릭터인줄 알았던 아이리스에게 이런 매력(?)이 존재할 줄은 상상도 못했습니다.^^
더 자세한 이야기를 하고 싶습니다만 그랬다간 아직 본문을 읽지 않은 독자 여러분에게 스포일러가 될 것 같아 자제

할까 합니다.

　독자 여러분께서 아이리스의 매력에 푹 빠지셨기를 진심
으로 빕니다!

　그럼 이만 줄이겠습니다.

　이 작품을 저에게 맡겨주신 L노벨 편집부 여러분. 이번
작업을 하면서 여러모로 폐를 많이 끼쳤습니다. 앞으로도
잘 부탁드립니다.

　악우들이여. 우리 동네 구청 구내식당 괜찮거든? 매끼 고
기반찬 나오고, 밥과 반찬도 자율배식이거든? 식판에다 먹
기 때문에 안 좋은 기억(?)이 떠오르기도 하겠지만, 그래도
같이 가자~. 거기, 나 말고는 어르신들밖에 없어. 나와 같
이 평균연령대를 낮추자고!

　마지막으로 언제나 제게 버팀목이 되어주시는 어머니와
『이 멋진 세계에 축복을!』을 읽어주신 모든 분들에게 진심
으로 감사드립니다.

　마성의 여동생(?)이 재등장해서 파란을 일으키는 11권 역
자 후기 코너에서 다시 뵙겠습니다!

2017년 4월 초
역자 이승원 올림

이 멋진 세계에 축복을! 10
갬블 스크램블!

1판 1쇄 발행 2017년 5월 10일
1판 11쇄 발행 2021년 8월 4일

지은이_ Natsume Akatsuki
일러스트_ Kurone Mishima
옮긴이_ 이승원

발행인_ 신현호
편집부장_ 윤영천
편집진행_ 김기준 · 김승신 · 원현선 · 권세라
편집디자인_ 양우연
관리 · 영업_ 김민원 · 조인희

펴낸곳_ (주)디앤씨미디어
등록_ 2002년 4월 25일 제20-260호
주소_ 서울시 구로구 디지털로 26길 111 JnK디지털타워 503호
전화_ 02-333-2513(대표)
팩시밀리_ 02-333-2514
이메일_ lnovelpiya@naver.com
ㄴ노벨 공식 카페_ http://cafe.naver.com/lnovel11

KONO SUBARASHII SEKAI NI SHUKUFUKU WO! Volume 10 GAMBLING SCRAMBLE!
©2016 Natsume Akatsuki, Kurone Mishima
First published in Japan in 2016 by KADOKAWA CORPORATION, Tokyo.
Korean translation rights arranged with KADOKAWA CORPORATION .

ISBN 979-11-278-4124-9 04830
ISBN 978-89-267-9978-9 (세트)

값 6,800원

© 2015 Ichirou Sakaki
Illustration Tera Akai
Originally published by HOBBY JAPAN

창강의 모독자 1권

사카키 이치로 지음 | 아카이 테라 일러스트 | 원성민 옮김

이세계에 환생한 건 마니아 청년 아마노 유키나리는
은인의 여동생인 한 소녀와 함께 여행을 하고 있다.
여행 도중 토지신에게 습격당한 그는
환생했을 때 손에 넣은 능력과 자신의 총기 지식을 활용하여
보통 사람이라면 쓰러뜨릴 수 없는 토지신을 쓰러뜨린다.
그리고 그는 신을 이김으로써 그 토지의 새로운 신으로 숭배 받게 되는데?!

이세계 총 × 검 배틀 액션 등장!!

© 2016 by Ryo Shirakome
Illustration Takaya-ki

흔해빠진 직업으로 세계최강 1~4권

시라코메 료 지음 | 타카야Ki 일러스트 | 김장준 옮김

『왕따』를 당하던 나구모 하지메는 같은 반 아이들과 함께 이세계로 소환된다.
차례차례 사기적인 전투 능력을 발현하는 반 아이들과는 달리
연성사라는 평범한 능력을 손에 넣은 하지메.
이세계에서도 최약인 그는 어떤 반 아이의 악의 탓에
미궁의 나락으로 떨어지고 마는데―?!
탈출 방법을 찾을 수 없는 절망의 늪에서
연성사로 최강에 이르는 길을 발견한 하지메는
흡혈귀 유에와 운명적인 만남을 이루고―.
"내가 유에를, 유에가 나를 지킨다. 그럼 최강이야. 전부 쓰러뜨리고 세계를 뛰어넘자."

**나락으로 떨어진 소년과 가장 깊은 곳에 잠들었던 흡혈귀가 펼치는
『최강』이세계 판타지 개막!**

라이트노벨의 새로운 빛! L노벨의 신간은 매월 10일에 발매됩니다. http://cafe.naver.com/lnovel11

15세 미만 구독 불가

And you thought there is Never a girl online?

온라인 게임의 신부는 여자아이가 아니라고 생각한 거야? 1~11권

키네코 시바이 지음 | Hisasi 일러스트 | 이경인 옮김

온라인 게임의 여자 캐릭터에게 고백!
→ 아깝네요! 실제로는 남자였답니다☆

그런 흑역사를 감추고 있는 소년·히데키는 어느 날 게임 안에서
한 여자 캐릭터에게 고백을 받는다. 설마 그 흑역사가 다시금 반복되는 것인가?!
그렇게 생각했으나, 게임 안에서 내 「신부」가 된 아코 = 타마키 아코는
정말로 미소녀에, 현실과 가상세계를 구분하지 못한……다고……?!
"안녕, 루시안!"이라니, 하, 하지 마! 창피하니까 캐릭터명으로 부르지 마!
다른 사람들 앞에서도 게임 캐릭터명으로 부르며 게임 속 남편에게 착 달라붙는 아코.
히데키는 너무나도 유감스럽고 위험한 아코를 「갱생」하기 위해
길드의 동료들(※단, 다들 미소녀)과 함께 움직이는데—.

유감스러우면서도 즐거운 일상 ≒ 온라인 게임 라이프가 시작된다!

TV애니메이션 방영 화제작!!

달이 이끄는 이세계 여행 1권

아즈미 케이 지음 | 마츠모토 미츠아키 일러스트 | 정금택 옮김

어느 날, 부모의 사정으로 인해 츠쿠요미노미코토에 이끌려
이세계로 가게 된 나, 미스미 마코토.
치트 능력도 하사받고 이건 그야말로 용사 플래그인가! 라고 생각했더니
이 세계의 여신에게 「너 얼굴 못생겼다」라는 이유로 거절당하고
나는 「세계의 끝」으로 전이당하고 말았다…….
……뭐, 어쩔 수 없지, 기왕에 이렇게 된 거 이세계를 즐겨볼까!
이렇게 오직 내 한 몸만 가지고
타인의 온기를 찾아 여행을 시작하게 되었지만,
만난 것은 향기로운 냄새가 나는 오크 소녀, 시대극에 심취한 드래곤,
마조히즘 속성을 지닌 변태 거미 etc—
……내 주위는 멋들어질 정도로 이종족 페스티벌입니다.
젠장! 웃기지 마! 난 절대로 지지 않을 거니까!!

제5회 알파폴리스 판타지 소설 대상 「독자상 수상작」!

라이트노벨의 새로운 빛! L노벨의 신간은 매월 10일에 발매됩니다. http://cafe.naver.com/lnovel11